致青春 092

# 玫瑰塔

## （中）

棲見　著

高寶書版集團

# 目錄
CONTENTS

# 第十一章　噩夢

晚火鍋店裡人聲鼎沸。

孟嬰寧在這句話脫口而出的時候再次狠咬一下自己的舌尖。

太明顯了。

實在太明顯了。

如果性別轉換一下，她是男的，她現在看起來大概像個試圖騷擾女生的癡漢。

但是孟嬰寧實在不知道該怎麼追人，她以這些年看過的小說為基礎知識回憶複習了一遍，但小說是小說，現實是現實，真的碰上了，想要照本宣科還是有點難。

要不要主動？要不要挑明？要不要循序漸進？要不要欲拒還迎？

什麼時候？什麼地點？什麼樣的節奏比較合適？

全都不知道。

孟嬰寧努力回憶一下她學生時代的被表白史，是因為做了什麼或者說了什麼話才會被喜歡，未果，有些甚至她連見都沒見過，莫名其妙就喜歡到不行了。

甚至她今天上午才剛剛動了「追就追大不了被甩了澈澈底底失個戀也好過忍受著陳妄幾年後娶個 doge 回來天天在她面前秀恩愛，完了還不能說，每天憋屈得要死最後說不定還會因為求而不得得個憂鬱症什麼的」的念頭。

還沒想好到底要不要實施，或者究竟要怎麼開始實施，蔣格就馬不停蹄地給她來了一次神助攻。

而第二個竄入腦海中的念頭是——陳妄不喜歡可愛的。

他喜歡成熟大波浪。

腦子裡面百轉千迴一堆亂七八糟的念頭和想法略過，最後只剩下這麼一個。

孟嬰寧心裡莫名有點不爽。

小時候想要變成別的樣子的蠢事做過，捲髮棒燙得手指起水泡，破了以後流出水，那種火燒火燎的疼像是能蔓延到心臟的最深處，那感覺到現在她還清晰的記得，並且記憶猶新。

就像是在提醒著什麼。

咕嚕嚕的火鍋蒸汽後，女孩低垂著眼盯著盤子裡的青菜。

為了吃火鍋的時候方便，她跟服務生要了髮圈，長髮在後面簡單綁起來，碎髮別至耳後，露出白嫩嫩的柔軟耳廓。

一片緋紅。

陳妄的筷子尖抵在鍋邊，盯著她幾秒，笑了，有些不可思議：「要我怎麼？」

「沒什麼，我自己吃，」孟嬰寧頭垂得更低，重新捏起筷子把他夾過來的青菜塞進嘴裡，她撇了撇嘴，「我自己吃。」

陳妄依然盯著她，半晌，緩慢地瞇一下眼。

他沒說話。

孟嬰寧慢吞吞地把他夾的那幾根青菜都吃完了，筷子一放，表情很忍辱負重：「行了吧。」

陳妄的表情已經恢復平淡：「讓妳吃幾根菜委屈死妳了。」

孟嬰寧不想解釋她這不是委屈的，是憋屈。

這狗男人到底他娘的怎麼追。

她看了陳妄捏著筷子的手一眼，手指修長的，手背上骨骼和血管的紋路分明，聊天軟體大頭照上確實是他的手。

而一想到之前陸之桓說過的話，他的貓在他去部隊的時候是個紫頭髮的女孩在養，孟嬰寧覺得更他娘的憋屈。

孟嬰寧準備從眼前的問題開始著手解決，筷子一抬：「我加了你的帳號，」她幽幽看著他，「你沒加我。」

「嗯？」陳妄涮著黃喉片，一隻手伸下去從口袋裡摸出手機，推給她，「手機壞了，沒看到。」

孟嬰寧接過來：「那這個？」

「剛買的。」

孟嬰寧滑開看了一眼，還真的是，連鎖都沒有，裡面沒有任何東西，只有手機剛買回來自帶的那些APP和軟體。

孟嬰寧點開軟體，又還給他。

陳妄慢悠悠地登錄，登完遞回去。

孟嬰寧接過來，悄悄地瞥了陳妄一眼，見他並沒有看著自己，微微把手裡的手機立起來一點，偷偷點到他的通訊錄裡快速地掃了一眼。

一眼看過去沒有女人，應該說這人的聊天軟體裡根本沒有幾個好友，拉一下就能見到底。

孟嬰寧的手指剛滑了一下，陳妄忽然開口：「自己加。」

孟嬰寧做賊心虛，手指一抖，放棄繼續往下滑的念頭，老老實實地把他的手機放在桌面上，點了右上角的小加號，加了自己的好友。

又抽出自己的手機，通過了。

在通過的下一秒，孟嬰寧點開聯絡人主頁，孟嬰寧的大頭照是她本人，還是剛畢業那年畢業旅行和林靜年去京都玩的時候拍的照片。

她猶豫一下，沒改，只幫自己手機上的改了名稱。

改完以後，她才把陳妄的手機遞還給他。

陳妄接過來，看了一眼。

好友已經通過了，彈出來和她的對話框。

上面昵稱的地方是四個字：你的嬰寧。

陳妄手指一頓，舌尖抵著牙齒，細細地品了這四個字一遍。

——你的嬰寧。

孟嬰寧沒來得及填備註，她的帳號名稱就叫這個。

陳妄又看了她的大頭照一眼。

聊天畫面的大頭照有點小，只能看到一個從背面拍的，她回頭時的半張側臉。陳妄點進那個大頭照進入到好友主頁，然後點開大圖。

女孩穿著紅色的浴衣和服，上面有大朵鵝黃色的花，背景是模糊的、人聲鼎沸的花火大會。黑色的長髮從髮根開始挑出兩縷來編成辮子，然後跟著其餘的髮絲一起在腦後捲成丸子頭，巴掌大的小臉白嫩，長睫揚起，笑容明媚，比她身後夜空中的煙花還要燦爛。

陳妄的指尖在螢幕上輕點一下，退出回到聊天畫面。

這邊剛加上好友，孟嬰寧那邊傳了個貼圖過來，是隻小柯基，邁著四條小短腿蹬蹬蹬地從遠處跑過來，然後搖頭晃腦往前一趴，親昵地對著他搖尾巴。

你的嬰寧：『小哥哥，晚上好呀。』

你的嬰寧：『你想吃什麼，我來幫你涮一個呀。』

陳妄抬頭，看了對面的女孩一眼。

反正只要是借助簡訊、訊息之類的工具說話，她就開始得意。還帶些亂七八糟的語氣詞。

陳妄把手機放下，抬頭：「吃飽了？」

孟嬰寧也從手機裡抬起頭來：「你是在問我是不是吃飽了撐著嗎？」嘴巴鼓了鼓，像隻小金魚似的瞪著他。

陳妄好笑：「我是單純在問妳吃飽了沒。」

「噢，」孟嬰寧抬手撓了撓下巴，「差不多了，太晚了，吃特別飽也不舒服。」

陳妄看了一眼時間，快八點了，她明天早上也還要上班。

他點點頭：「那走嗎？」

「走吧，」孟嬰寧起身要走才想起來，四下看了一圈，「蔣格呢？」

「誰知道，」陳妄說，「掉裡面了吧。」

孟嬰寧點點頭，順勢坐回去了：「那等一下吧。」

「不用管他，」陳妄無情地說，「他出來自己就回去了。」

從一進火鍋店門看見孟嬰寧一個人坐在那裡等著的時候，他就明白過來蔣格今晚打的是什麼主意，陳妄本來還納悶這小子今天怎麼拼死拼活非要把他叫出來。

這個洗手間他應該要上到世界末日上到天長地久，今晚都不會再出現了。

陳妄起身往外走，孟嬰寧還是覺得把他一個人扔這先走不太好，坐在那沒動，於是男人走過的時候抬手，指尖輕戳一下她的腦袋：「走了，發什麼呆。」

孟嬰寧揉了揉頭髮站起來，拿著包跟在他後面，抱怨道：「你別總敲我腦袋呀。」

軟軟的嗓音裡帶著點嬌嗔的味道。

還不樂意了。

陳妄往前走：「以前少敲了？」

「以前是以前，現在是現在，以前不是年紀小嗎，」孟嬰寧跟在他後頭下樓，像根小尾巴一樣一邊跟著一邊嘰嘰喳喳的，「現在我都多大了，又不是小孩了。」

蔣格不知道什麼時候已經買過單了，兩個人直接出了門，孟嬰寧跟在他屁股後面，語氣挺嚴肅地重複道：「陳妄，我現在跟以前不一樣了，我長大了的，已經是成熟的職業女性了。」

我也長大了。

再也不是你眼中那個幼稚的，會因為一個小遊戲機哭鼻子的小孩。

孟嬰寧想讓他明白這個。

陳妄停下腳步，轉過頭。

孟嬰寧也跟著停住腳步。

夜晚外面的街道燈火通明，孟嬰寧站在火鍋店門口三個臺階之上沒下來，陳妄站在下面，視線能跟她齊平。

火鍋店外掛著兩串通紅的燈籠，孟嬰寧站在燈籠下執著地看著他。

也不知道在執著什麼。

她穿了件吊帶長裙，外面套著薄針織外套，寬鬆隨意搭在肩頭垂下來，裙長至腳踝往上，露出一截白嫩腳踝，踩著雙小皮鞋。

看起來確實還挺像那麼回事。

就是有時候哭唧唧不開心的嬌氣包模樣和小時候半點區別都沒有。

「行，成熟，」陳妄掏出車鑰匙，開鎖，「成熟的職業女性，上車吧，送妳回家。」

成熟的職業女性走下臺階到車前，頓了頓，繞過車尾放棄後座，走到副駕駛座旁。

然後遲疑了一下，拉開副駕駛座車門，坐上去，哐當一聲關上門。

孟嬰寧心裡勇敢地嘀嘀叭叭了起來。

有什麼不能坐的，不就是個副駕駛座！

副駕駛座都不敢坐還泡什麼男人！

以後她不止要坐副駕駛座，還要讓這個地方只有她能坐。孟小孔雀霸道地想。

火鍋店離她家不遠，十幾分鐘後，車子駛進社區，孟嬰寧懶趴趴地窩在座位裡，有點不想動。

陳安熟門熟路開到她家樓下，停了車，側頭，剛好看見她打了個哈欠。

女孩抬手，抹一下眼角打哈欠打出來的眼淚，慢吞吞地直起身，手伸下去，不知道在搗鼓些什麼。

陳安垂眸看了一眼。

這丫頭不知道什麼時候把鞋子脫了，兩隻腳只有腳尖踩在鞋裡。

孟嬰寧食指勾著皮鞋鞋跟，腳踩進去，指尖往上一拉，穿好一隻。

穿另一隻的時候注意到陳安的視線，她側過身去，朝他眨了眨眼，指尖勾著鞋跟提上來，直起身。

陳安揚了揚下巴：「去吧。」

孟嬰寧沒動，欲言又止地看著他。

陳安也沒說話，耐心地等著她。

孟嬰寧糾結地安靜了一下，忽然撐著座椅靠過去，仰著下巴湊過來。

靠近得突如其來，陳安有些錯愕，視線來不及轉，就這麼很近距離地看著她。

她剛剛俯身穿鞋的時候身上針織外套左邊肩膀的領口微微滑下去一點，長裙的肩帶和外套之間大片白皙細嫩的肌膚裸露在外面，肩線連著鎖骨，挺翹漂亮。

「陳安，」月光混著社區昏暗路燈濾進車裡，映得她的杏眼水亮亮的。

「就……」孟嬰寧眼眸飄忽一下，眼睫低垂又抬起，舔一下嘴唇，聲音輕輕軟軟的，帶著一點點小心翼翼的緊張的試探，「你想跟我說個晚安嗎？」

她說著身子又無意識微微往前傾了傾。

吊帶裙胸口邊緣處的布料隨著她的動作柔軟地垂墜，胸口的皮膚白得像瓷片，從領口隱約透出危險又曖昧的風景。

抿著唇看著他時眼底卻有很純淨的期待。

稚嫩又性感。

陳妄眼皮一跳，身子往後靠了靠，眸光有些暗。

真的是隻狐狸。

這個世界上最有效的勾引，大概是勾人而不自知。

纖細的腰，柔軟的胸，純淨又期待的眼神，不染脂粉的薔薇色唇瓣配上甜軟的一把嗓子，當這些建立在「這個人是孟嬰寧」這個事實上時，殺傷力像滾雪球似的成百上千倍直線增長。

陳妄的視線掃過她的裙邊，淡淡的移開。

莫名想到她之前執著的要告訴他的話。

我長大了的。

確實是長大了。

還大了不少。

大概是雄性本能，男人腦子裡那些齷齪想法只要有一點陰暗就能像細菌在培養皿裡一樣瘋狂生長，陳妄靠坐在駕駛座裡，昏暗中閉了閉眼，再開口時聲音有點啞：「白色？」

孟嬰寧還沒反應過來。

陳妄淡聲提醒她：「走光了。」

然後看著她的臉瞬間紅了個透澈，整個人像屁股上安了彈簧似的跳起來老高，後撤，一聲悶響，後背狠狠地撞上車門。

那一聲，陳妄聽了都覺得怪疼的。

她側身面對著他坐，一隻手拽著長裙胸口的布料高高拉上去，快到下巴才又扯下去一點，一張臉脹得通紅，連著耳朵尖和露出來的脖頸都紅了。

她的反應特別大，陳妄看著有趣，挑眉逗她：「擋什麼，又沒什麼可看的。」

「你能不能閉嘴！你是變態嗎！」孟嬰寧一臉崩潰，閉著眼不想看他，「再說我怎麼就沒什麼可看的，我也有——」

C的。

也許還接近D。

畢竟最近稍微胖了點，今天穿內衣的時候感覺有點緊了。

話到一半，戛然而止。

孟嬰寧把剩下的話硬生生地吞了回去，在意識到自己在想些什麼的時候，臉比剛剛更紅了。

陳妟悠悠問：「有什麼？」

「關你屁事！」

「自己不注意還發起火來了，女孩子脾氣真大，」陳妟懶洋洋地哼笑了聲，「下次還穿這麼低的領子啊。」

孟嬰寧狠狠瞪了他一眼，像隻炸毛的小動物，眼睛因為羞恥和憤怒看起來濕潤又明亮：「閉嘴，你閉上嘴！」

看她生氣，陳妟的心情反而好了：「行，我閉嘴。」

孟嬰寧氣呼呼地看著他。

「上去吧，」陳妟直了直身，摸出菸盒，敲了一根遞到唇邊，「明天不是還要上班？」

孟嬰寧不用他提醒，飛快打開車門抱著包跳下車子，兔子似的竄出去了。

剛跑出去沒兩步，陳妟在後面叫了她一聲。

孟嬰寧猶豫一下，還是轉過頭去。

陳妟單手撐在副駕駛座車窗框上，身子傾過來順著車窗看著她，鼻梁往上的半張臉虛虛隱進黑暗裡，唇邊帶著很淡的一點笑：「晚安。」

孟嬰寧愣了愣。

陳妄略揚了揚眉：「傻愣著幹什麼，不是想聽這個？」

「啊，」孟嬰寧應了一聲，剛剛那點羞憤沒了蹤影，她抿著嘴笑了起來。

最開始只有很小的弧度，後來像是壓抑不住了，扯開很燦爛的笑，眼睛彎彎站在離車兩、三公尺的地方朝他揮了揮手：「晚安！」

像個小傻子。

陳妄看著她蹦蹦跳跳地跑進社區，白色的小小背影，長髮綁成馬尾在身後晃蕩，將菸咬在嘴裡，沒點。

沒多久，面前一戶燈光亮起。

又等了幾十秒，客廳落地窗的窗紗被人拉起來，女孩兩隻手拽著窗紗，只露出一顆腦袋來往外瞧。

看了兩眼，腦袋縮回去了，窗紗重新拉好。

手機在口袋裡震動一下。

陳妄抽出手機，滑開看了一眼，是訊息。

你的嬰寧：『你怎麼還沒走呀？』

特別沒營養的問題。

而這麼沒營養的問題，陳妄也不知道自己為什麼會回答：『抽根菸。』

你的嬰寧：『陳妄，你的肺會爛掉的，再過兩年它就會變得跟你的心一樣黑了。』

「……」

陳妄：『？』

陳妄：『誰心黑？』

孟嬰寧不回了。

陳妄冷笑一聲，抬眼看了亮著的房子一眼，將手機扔到副駕駛座，發動車子，頓了頓，抬手摘了嘴裡咬著的還沒點燃的菸。

他以前沒什麼菸癮，也就最近幾年抽得凶了。

孟嬰寧家這邊雖然社區環境不錯，但地段有些偏僻，白天看上去倒是環境清幽交通便利，到了晚上路上基本沒什麼人，車也少，一路開過去都沒見著幾輛。

路燈一盞盞排在路邊，莫名有些荒涼的寂寥。

陳妄腦子裡略過的第一個念頭是，這地方晚上看起來不太安全。

太偏僻了。

他略皺一下眉，雖然知道完全沒有必要，偏是偏了點但也還算是市區，還是伸手把手機撈過來，非常多此一舉地重新點開孟嬰寧的訊息，打字：『鎖好門。』

陳妄覺得也許是今天的孟嬰寧過於莫名其妙，導致他自己也變得有些莫名其妙。心情前所未有的輕鬆，以及愉悅。

他沒想過自己有一天還能和這個兩個詞沾上關係。

孟嬰寧那邊秒回了：『好的！（圖片）。』

還附帶一個很乖巧的圖片。

陳妄減慢車速，垂眼看了兩秒，勾起唇角，無聲笑了笑。

餘光掃見側面有車燈亮起，陳妄抬了抬眼，側頭。明晃晃的白在黑夜裡有些刺目，一輛白色皮卡從側面直直地急速開過來，距離很近，在眼前無限放大。

「靠……」陳妄低聲罵了句髒話，反應極快，猛打方向盤，長腿伸著，另一隻手死死卡住方向盤，低下頭。

「哐」的一聲巨響，皮卡車頭熱情地一頭撞上來，車身伴隨著這一聲劇烈晃動著翻了跟斗，刺耳的刺啦聲中側著飛出去砸在路面上，車窗和擋風玻璃被撞得粉碎，安全氣囊砰地一聲彈出來。

玻璃碎渣掉了滿身，陳妄抬起頭來，瞇眼，模糊瞥見那輛同樣翻了的白色皮卡駕駛座車門被打開，然後從裡面艱難地爬出來一個人。

目測身高一百七十出頭，身量普通，短髮，穿一件藍色 polo 衫，跌跌撞撞地往前跑。

車門被卡住，陳妄撐著車窗框從駕駛座裡面脫出來，側身用手肘澈底擊碎前擋風玻璃，手伸出來抓住車的前支柱長腿一跨，動作乾淨俐落地翻出車外，放手落地。

與此同時那人已經跑到街口，一輛黑色轎車從路口衝出來猛刹在面前，車門彈開，那人一閃，汽車絕塵而去。

陳妄面無表情站著，黏稠潮濕的某種液體順著額頭向下淌，流過眼睛，順著挺直的鼻梁滴落。剛剛那一下衝擊巨大，這時耳膜還嗡嗡地響，眼前的路燈和地面都像是在跟著晃動。

陳妄側身，靠著車頭緩了幾秒，心念微動，忽然毫無預兆抬起頭，看向眼前那輛翻倒的皮卡。

他緩慢地直起身，直直盯著看了幾秒，眸光倏地一沉，腦子還沒反應過來的時候，身體率先動了。

幾秒鐘後，白色皮卡爆炸，巨大的火光掀起氣流和灼人熱浪，伴隨著爆炸聲轟的一聲在耳邊炸開。

陳妄當時的念頭只有一個。

還好已經把她送回家了。

晚上十一點，警察局大廳，陸之州沉著臉大步走進來。

陳妄靠坐在塑膠椅子裡，懶洋洋地抬了抬眼皮，沒動。

一個穿著警服的迎上去，陸之州神情嚴肅，兩人低聲說了一下，陸之州抬手拍了拍他的肩，朝陳妄走過來，半蹲下：「怎麼樣？」

「沒看見臉，很普通，」陳妄長腿伸著，嗓音嘶啞，「就是那種一百個人裡八十個看起來都那樣的普通。」

陸之州擰著眉：「我是問你怎麼樣！」

「沒事，」陳妄懶散說，「我說怎麼這麼急著跑也沒補個刀，鬧了半天車裡準備好了。」

陸之州最見不得他這副輕描淡寫的樣子，壓著火上上下下掃了他一遍，除了一些傷口已經做了簡單處理，人看起來確實沒什麼大事。

陸之州深吸口氣，倏地站起來，垂眼看著他：「陳妄，多餘的話我不想說，你明白我什麼意思，這半夜三更黑燈瞎火的你自己出去亂跑什麼？掃街？」

「九點，」陳妄覺得有必要矯正一下他對半夜三更的定義，又回憶一下孟嬰寧那則訊息傳過來的時間，補充，「還不到。」

陸之州：「你自己去那邊幹什麼？」

陳妄笑了笑：「過了啊陸隊，我是不能出門了？我怎麼知道這什麼時候會找過來？」

陸之州沒說話。

陳妄唇邊的笑緩慢地收了，眸色很深：「我知道你在想什麼，有人拿著刀，我自己趕著往刀尖上送？」他淡聲說，「我還不至於。」

他說完，兩個人都沒再說話，半晌，陸之州忽然肩膀一塌，走到他旁邊坐下，有些疲憊地說：「等一下送你去醫院看看，以防萬一，保守估計一百多公克的TNT，車都他媽快炸光了，也虧你當時能反應過來，陳隊真是寶刀未老。」

陳妄扯了扯嘴角，漫不經心地說：「是啊，厲害嗎。」

「……」

陸之州被他氣笑了：「厲害。」

陸之州服了，都不知道說什麼好，摸出菸盒，遞給他一根，自己也抽了一根出來。

兩個大齡單身老男人深夜將近十二點，坐在警局角落裡沉默著，憂鬱地吞雲吐霧，其中一個一身血窟窿才剛堵住。

吐了一陣子，陳妄忽然說：「有孟嬰寧的電話嗎？」

他這個問題和今晚發生的事情以及剛剛討論的話題跨度有點過大，八竿子打不著，陸之州一時間有點沒反應過來：「有，怎麼了？」

陳妄指間夾著菸，垂手：「打個電話給她。」

陸之州：「……」

陸之州瞪著他：「陳妄你是不是有病，半夜了，你一個男人沒事凌晨十二點，給人家女孩子打什麼電話？」

「那條街，孟嬰寧家門口，」陳妄說，「我今天晚上是送她回去的。」

不太放心。

陸之州明白過來：「你是怕她……」

陳妄沒說話。

陸之州掏出手機，調出孟嬰寧的電話號碼，遞給他。

陳妄看了一眼：「你打，不用說別的，她沒事就行。」

「……我他媽？」陸之州壓著嗓子，一言難盡地看著他，「為什麼我打？」

陳妄把菸掐了，懶洋洋地說：「你不是說了嗎，我一個男的，半夜打電話給女孩子，不合適。」

「……」

陸之州心道我他媽難道就是個女的？我打就合適了？

你自己放心不下，為什麼要我遭受這種折磨？

陸之州看了男人此時渾身是血慘不忍睹讓人想垂淚的造型一眼，這口氣還是忍下來了，電話撥過去，按了擴音，手機舉到兩人面前。

剛按下去，動作一頓。

聽著那邊還沒接起來的忙音，陸之州又有難處了，匆忙低聲問：「這都幾點了？人家肯定睡了，我找什麼理由？」

「想她了。」陳妄隨口胡扯。

陸之州崩潰道：「你他媽……」

他話沒說完，電話被接起來了。

陸之州閉嘴了。

那邊也一片安靜，幾秒鐘後，女孩帶著睏倦睡意的軟糯嗓音響起：『喂……』

尾音拉得很長，沙啞黏膩。

陳妄一頓。

忽然有些後悔讓陸之州打這個電話，聽到她這種狀態下的這把嗓子……

陸之州看了他一眼，試探開口：「那個，嬰寧？」

電話那頭有窸窸窣窣的輕微聲響，像布料摩擦的聲音，孟嬰寧打了個哈欠，聲音帶著鼻音，聽起來黏黏糊糊的：『之州哥？怎麼了嗎？』

確認女孩的聲音聽起來沒事，陸之州放下心來，他又看了陳妄一眼，清了清嗓子，緩慢開口：「我現在跟陳妄在一起。」

「……」

陳妄側頭，面無表情地看著他，深黑的眼裡全是「你找死嗎？」的危險情緒。

孟嬰寧迷迷糊糊地哼唧了一聲，音調上揚，表示疑惑和茫然。

陸之州對身邊的死亡警告視若無睹，意味深長地說：「陳妄剛剛讓我跟妳說，想妳了。」

陳妄：「……」

孟嬰寧：「……」

陸之州在這句話說出口的時候，陳妄特別平靜的看著他，那眼神像是看著什麼沒有生命的東西，蘊藏著五個字和一個標點符號——你已經死了。

要不是他現在還像個被刺破的裝滿紅色顏料的氣球似的滿身狼藉伸著腿癱在塑膠椅子裡，陸之州覺得這個眼神裡飽含的內容會變成現實。

他跟陳妄打從來沒贏過，反正也不是同一個兵種，不糾結這個。

陸之州忍著笑等了一下，電話那頭，女孩突然安靜了，不僅動的聲音沒了，連呼吸聲都聽不見了。

陸之州：「嬰寧？」

『……』孟嬰寧結結巴巴的聲音傳過來，『啊、啊？』

「其實是阿桓讓我問問妳下週有沒有空想找妳出來，」陸之州隨口拉陸之桓出來當槍使，「他平時這個時候都還沒睡，我也沒注意時間，吵醒妳了吧。」

他的語氣特別鄰家大哥哥。

孟嬰寧又是好半天沒出聲，等了一陣子，才低聲應了：『噢，』大概是被人吵起來還睏著，聲音聽起來有些有氣無力的，『沒事，那你也沒跟陳妄在一起嗎？』

陸之州側頭，看了旁邊的男人一眼：「嗯。」

陸之州說：「沒有。」

『……』

陸之州：「那明天再說，妳先睡吧。」

孟嬰寧那邊應了一聲，迷迷糊糊地把電話掛了。

陸之州打完，手機往口袋裡一揣，攤手，看向負傷人士：「行了嗎？」

「行你媽，」負傷人士很不文雅地爆了粗口，看著他，「你也想提前退伍？我現在就可以成全你，讓你後半輩子坐著輪椅領退休金頤養天年，還能補一筆傷殘費。」

陸之州也不生氣，笑了：「又怎麼了？不是你說的嗎，想她了，我原話轉告一下怎麼了？」

陳妄嗤笑聲：「我是不是還要謝謝你？」

他剛剛的意思很明顯，想讓陸之州以自己的名義問問，陳妄這個名字不用出現。

顯然，陸之州也理解了。

就是太閒了。

陸之州的笑容斂了斂：「阿妄，我跟你認識十幾年了，你那點心思，只有嬰寧那個小傻丫頭看不出來，年年從小就跟防賊似的天天防著你，你以為是因為什麼？」

現在誰提起來都說孟嬰寧從小就跟他關係最好，但陸之州清楚地知道，那時孟嬰寧和陳妄的交集遠比和他要多得多。

雖然兩個人只要湊在一起要麼是孟嬰寧看見他扭頭就跑，要麼是一路雞飛狗跳最後不歡而散，但就像無形中有什麼特殊的磁場，這兩個人就連在吵架的時候其實第三個人也很難能插得進去。

陳妄大概到現在也沒察覺，很多時候孟嬰寧有什麼事情，第一個反應其實是找他，而不是陸之州。

陸之州不明白自己是不是真的太閒，被罵一頓以後還要在這像個老媽子似的操心東操心西。

畢竟是十幾年的兄弟。

陸之州嘆了口氣：「阿妄，女孩子不追，會被別的男人拐跑的。」

他這話說完，陳妄沉默半天，然後笑：「追？」

他從旁邊椅邊拿起他的菸，敲一根出來送到嘴邊，點燃，漫不經心地叫他一聲：「州哥。」

陸之州抬了抬眼。

他比陳妄大一年，然而這麼多年，陳妄這麼叫他的次數一隻手能數得過來，仔細想想甚至還只需要兩根手指頭。

上一次這麼叫他是兩個人離開帝都準備去軍校的前一天。

十八歲的少年，升學考結束，拿著高分成績單站在人生的分岔路口，意氣風發做出抉擇。那晚陳妄第一次喝醉酒，兩人坐在凌晨三點的街邊十字路口路燈下，陳妄靠著電線杆啞著嗓子叫了他一聲，醉酒後看著他的眼神帶著不打算遮擋的鋒利敵意。

「無論現在她有多喜歡你，等她長大，老子回來，她就只能喜歡我。」

十年前，那個穿著黑色T恤的少年是這麼對他說的，冷漠而囂張，彷彿這是理所當然的事情。

而現在，昏暗大廳中，他坐在角落的彩色塑膠椅裡，整個人鮮血淋漓，聲音嘶啞，滿身塵埃。

「你不能慫恿我禍害人啊，還是從小看著長大的小妹妹。」陳妄說。

「找個好男人，愛她，能護著她，對她好，有一份正經工作，不用太有錢，」陳妄說到這頓了下，有點疲憊的笑了笑，「不過脾氣要好，太他媽愛哭了，哄起來累人。」

陸之州沒說話，心裡說不出是什麼滋味，就像有一團東西梗在那不上不下的堵著。

「漂亮女孩就該有個漂亮的人生，她應該過這樣的日子，有個好未來。」陳妄咬著菸往後靠了靠，在朦朧煙霧中平靜地說，「跟我牽扯到一起能有什麼好下場。」

陸之州不是糊塗人，陳妄這一番話說得明白，他也沒再說什麼，警局這邊的解決得差不多了又把人送進醫院，從頭到尾澈澈底底做了個檢查。

然後發現這個酒當水喝菸當飯抽，三餐從來不按時吃作息不規律得很抽象的作死教教主，除了皮外傷輕微腦震盪以及胃快爛了以外竟然沒什麼大問題。

在醫院等著的功夫，陸之州不忘打個電話給陸之桓，跟他串了下臺詞，省得孟嬰寧之後去問露了餡。

陸之桓從小到大都是「哥哥說的都對哥哥說的話我就無條件服從」，凌晨三點被吵醒半句怨言都沒有，二話不說應下來，問道：『那你現在在哪呢？怎麼這麼晚還沒睡？』

陸之州：「在醫院。」

陸之桓頓時緊張了，撲騰著從床上坐起來：『你跑去醫院幹什麼？你怎麼了？』

「我沒事，陪你陳妄哥來的。」

『啊，』陸之桓愣了愣，『陳妄哥怎麼了？』

「胃病，老毛病，沒什麼事，」陸之州不想多說，「行了，睡吧，反正嬰寧來問你你別說溜嘴就行。」

陸之桓應下來，掛了電話。

一頓折騰下來天都亮了，出醫院門的時候天邊泛著魚肚白，陸之州把陳妄送到家門口，看著略顯破舊的老式社區公寓，打趣道：「陳隊，最值錢的車沒了，心不心疼？」

陳安心道老子最值錢的是我的手機。

那裡面還存了孟嬰寧的大頭照照片，剛儲存的，躺在手機相簿裡不到一個小時，被炸了一乾二淨。

他垂著眼皮開門下車：「走了。」

陳妄上樓，開門，進屋，回家。

屋子裡有些亂，之前幾天沒回來，一進去還有一點灰塵味。

陳妄進了洗手間，單手解皮帶釦，扯開，另一隻手拽下毛巾，無視身上裹著紗布的窟窿走進浴室，打開蓮蓬頭沖了個澡。

水流沖刷下來，淡淡的血腥味彌漫，水流過身體，很尖銳的痛感陸陸續續傳來，一跳一跳的，讓人分不清到底是疼在哪。

陳妄的手撐著浴室瓷磚牆面，垂眸，想起跟陸之州說的話。

「找個好男人，愛她，能護著她，對她好。」

他嘲諷地扯扯唇角。

虛偽。

嘴上說著推開她，實際上卻在貪戀她的好。

每次逼著自己遠離她一點，又忍不住再次靠近。

她太亮了。

是他這麼多年來在心底安靜燃燒的一簇火，散發著溫暖的光，讓人不斷不斷地想要近一點，汲取她的溫度。

陳妄沒辦法想像，如果有一天，孟嬰寧身邊真的出現了那麼一個男人，自己會是什麼樣。

想讓她只屬於他。

讓她只因為他哭，看著他笑。

陳妄抬眼，關掉了蓮蓬頭，轉身抓著浴巾圍在腰間走出浴室，又拽了條毛巾在頭髮上隨便揉了兩把，丟到一邊。

他走到臥室門口，推開門，整個人砸進床裡，壓到傷口，「嘶」了一聲。

清晨的空氣很靜，臥室的窗開著個小縫，鳥鳴聲嘰嘰喳喳，初秋的風帶著慵懶的涼意。

陳妄閉上眼睛。

還是那個夢。

滴答、滴答的聲響連綿不絕，倉庫廠房空曠安靜，牆漆斑駁，屋頂鐵皮脫落，天光冷漠滲透進來。

水泥地面上一灘液體不斷向腳邊蔓延，染上鞋尖，滲透鞋底。

被釘在牆上的男人抬起頭，空洞的眼眶看著他：「你不行。」

他笑著說：「你還不明白？她想要的你給不了，沒有你她才能過得好，你只會害她，就像我，像我們一樣。」

「你保護不了她。」

他輕聲說：「陳妄，你什麼都不是。」

畫面一轉，靜謐夜空下，孟嬰寧坐在車裡，白嫩的腳踩著副駕駛座邊緣，笑得眉眼彎彎，搖頭晃腦地哼著不知道是什麼調子的歌，哼了一段，忽然側頭靠近過來，跟他說話。

她模糊地說了些什麼，陳妄聽見自己笑了一聲，然後抬起手來，指尖落在她臉頰旁的碎髮，勾起。

女孩仰著頭看著他，唇角翹著，杏眼烏亮清澈，有漂亮的光。

下一秒，白色皮卡毫無預兆撞上來，孟嬰寧尖叫出聲，緊跟著車身碰地翻倒著砸過去，車窗和擋風玻璃應聲而碎，眼前畫面隨著劇烈的撞擊猛地一蕩。

火光漫天，女孩子無聲無息躺在副駕駛座裡，那雙上一秒還笑意盈盈看著他的眼此時安靜地閉著，陳妄顫抖著將她抱過來，掌心觸摸到的柔軟身體有潮濕的觸感，大片嫣紅滲透長裙綻開，是她的血。

她在他懷裡一點一點變冷。

陳妄猛地睜開眼。

胸膛劇烈起伏著喘息，心臟以不正常的頻率急速跳動，冷汗洇濕了床單和被單，潮乎乎地黏在身上，像毒蛇的信子裹上來，帶著陰森黏稠的冷意。

臥室裡一片昏暗，陳妄閉眼抬手，手背搭在眉骨上，手臂連著指尖都在抖。

「……陳妄？」

安靜的房子裡，有女孩的熟悉聲音突兀響起，帶著遲疑很輕地叫了他一聲。

陳妄唰地放下手臂，抬眼循著聲音掃過去，沉黑的眸裡有大片來不及收回的濃郁陰影，暴戾冰冷，純粹而深不見底。

孟嬰寧被他這一眼盯得頭皮發麻，下意識後退一步，有些害怕的樣子看著他。

陳妄緩了緩神。

窗外漆黑一片，臥室外客廳透著暖色燈光，女孩懷裡抱著包，腳上踩著他的拖鞋，一臉手足無措地站在他臥室門口窄窄門縫處：「你怎麼了？」

孟嬰寧小心翼翼地看著他，小聲問，「你是做噩夢了嗎？」

陳安看著他，沒說話，似乎是在判斷孟嬰寧會出現在這裡的可能性。

結論是沒有。

夢裡的人出現在此時根本不可能會出現的地方，鮮活的，俏生生站在他面前，剛剛的畫面還在腦海裡一幀一幀亂七八糟的轉，陳安腦子一時間一片混沌，有點分不清現在到底是夢還是現實。

他直挺挺地躺在床上緩了一下，手臂撐著床面直起身來，靠在床頭。

黑暗中，陳安坐在床上看著她，半晌，喉結滾了滾，很艱澀地開口：「……過來。」

孟嬰寧站在門口沒動，怔怔愣愣的，有點呆：「什麼？」

陳安的嗓音沙得厲害，帶著一點不易察覺的顫抖，啞聲重複：「過來，讓我看看妳。」

# 第十二章 勾引他

晚上七點，夜風鼓著窗簾在安靜的臥室裡湧動，隔壁不知道哪家鄰居在煮飯，有濃郁的香氣混著米飯糯糯的味道飄散進來。

孟嬰寧站在門口，看著坐在床上的人，好半天沒反應過來。

男人倚靠著床頭坐在床上，身上的深色被單隨著動作滑落掩在腰間，露出朦朧模糊的精壯胸膛，昏暗中借著客廳的光線隱約看得見肌理線條的輪廓。

即使看不太清楚，但那也是……

孟嬰寧甚至都沒反應過來這人現在可能也許是光著身子就叫她過去。

而她大概需要臉紅。

五秒鐘後，她從耳朵到腦門全紅了，整個人像一隻煮熟的蝦，手裡的包啪嘰一聲丟在地上，抬手死死地捂住眼睛，聲音羞惱：「你倒是把衣服穿上呀！你這樣──」

「……」

陳安默了默。

如果是夢，也太真實了。

他開口，聲音還是啞的：「我這樣怎麼了？」

孟嬰寧慢吞吞地，小心翼翼把手指往下移了移，指尖依然擋在眼睛的位置，食指慢吞吞地往旁邊張了張，從指縫裡看著他。

女孩杳眼烏黑，因為羞而在黑暗中看起來明亮濕潤，吞吞吐吐地說：「你這樣妨礙風化。」

陳妄聽著她的聲音，緊繃的身體緩慢地平復下來，心跳跟著平緩。

生動的她。

完好無損站在他面前。

夢裡那種黏稠又壓抑的窒息感一點一點褪去，陳妄吐出口氣，徹底放鬆靠上床頭，頭後仰，唇角幾不可查略牽起一點：「我又不是女孩子，怎麼了？妳沒見過菜市場賣魚的這樣？」

「……」

孟嬰寧一時間不知道該說什麼好。

她又不喜歡賣魚的。

和看見喜歡的人這樣怎麼比。

「那不一樣，」孟嬰寧頓了頓，勉為其難道，「你身材不是還挺好的……」

「妳那什麼不情不願的語氣？」陳妄說。

「就是很違心的語氣，你聽不出來嗎？」

孟嬰寧說著看了他一眼，又像做賊似的急匆匆撇開視線，若無其事一秒，眼珠子又忍不住慢吞吞地轉回來，從指縫裡偷偷摸摸地看他。

她背著光，臥室又暗，陳妄應該也發現不了她在偷看。

光線暗歸暗，看也看不太清楚，但輪廓上來說，身材確實是……

孟嬰寧開始相信陸之桓的那句「腹肌很硬」。

不僅相信了，甚至還有些躍躍欲試。

想摸摸。

想親一下……

在這個念頭出來的一瞬間，孟嬰寧猛然反應過來，腦海中不斷竄出路邊按摩店曖昧粉紅色燈光的少兒不宜不可說畫面。

孟嬰寧心虛到不行。

移開視線剛要說話，就聽見陳妄靠在床頭涼涼地說：「想看就大大方方的看，又不是不讓妳看，像個耗子似的在那偷偷摸摸地亂瞄什麼？嗯？」

「……」

要流氓被抓包，孟嬰寧差點原地跳起來，她啪的一聲再次死死地捂住眼睛，羞憤得想要直接奪門而出，惱羞成怒道：「誰想了！你閉嘴！你能不能現在從床上爬起來滾下地然後穿上衣服！」

陳妄沉默一下，平靜道：「提醒妳一下，我褲子也沒穿。」

「……」

孟嬰寧覺得自己好像聽見腦子裡有很輕的熱水壺燒開的聲音，然後碰的一下，水壺蓋子——

她的腦袋瓜頂，被水蒸氣炸開了。

如果現在面前有一面鏡子，她一定會過去看看自己頭上有沒有開始冒煙。

下一秒，臥室房門被「碰」一聲摔上，門口只留下一個包包孤零零地躺在地上，女孩的聲音從門板後方傳來：「穿衣服！」

陳妟盯著那扇門，舌尖抵著牙齒笑了笑。

他抬手掀開被子，昨晚圍著的浴巾早就散開滑下去了，他走到衣櫃前打開櫃門，隨手扯了件白色的T恤出來。

動作間牽扯到肩胛骨上面一處傷口，想起昨天洗完澡以後這一身還沒來得及處理。

陳妟頓了頓，將白色的那件扔到一邊，拿了件黑襯衫。

出房間前看了牆上指向晚上七點半的掛鐘一眼。

一覺從清晨睡到晚上。

五分鐘後，男人穿著黑衣、黑褲打開臥室門走進客廳，發現剛剛聞到的米飯味道和飯菜的香氣原來並不是從哪個鄰居家傳過來的，而是他家。

他走到廚房門口，看見孟嬰寧像模像樣地套著件小圍裙，人站在流理檯前，背對著門，不知道在忙什麼。

陳安沒說話，就這麼靠在門口，從側後方安靜地看著她的背影，目光很淡。

她的長髮綁成低馬尾，平時很靈動的女孩因為這個髮型多了幾分溫柔的味道，後頸處的皮膚白得細膩，垂頭時，幾縷髮絲跟著錯過去。

孟嬰寧往旁邊走了兩步，抬手從吊櫃上拿下兩個盤子。

然後陳安看見了面前剛剛被她擋住的東西，兩個外賣盒。

陳安：「……」

陳安不明白她弄個外賣為什麼還要幫自己套個圍裙，搞得真的像那麼回事似的，他還真的以為這滿屋子香味是出自她手。

孟嬰寧將裝外賣的盒子打開，一份水煮肉片倒進大瓷碗裡，另一個麻婆豆腐裝盤，香氣濃郁。

她端著兩道菜轉身往外走，一抬頭看見他站在門口，嚇了一跳。

孟嬰寧眨兩下眼：「你走路沒聲音的嗎？」

陳安懶洋洋靠著廚房門框站，沒說話，只是慢吞吞地直了直身，伸手過去把她手裡的菜接過來，放在餐桌上。

餐桌也被簡單收拾過了，門口兩個裝得滿滿的塑膠袋子，裡面應該全是垃圾。

孟嬰寧還是親自煮了米飯的，從電飯鍋裡盛了兩碗端過來，坐在餐桌前，拍拍桌角，仰起頭來：「不吃飯呀？」

陳妄垂眸看了看她，在她對面坐下，掃了桌上的兩個辣菜一眼，捏起筷子，緩慢開口：「妳怎麼來了？」

孟嬰寧沒說話，抽出手機來一滑，舉到他面前。

聊天畫面上，只能看見右邊從上到下滿滿的全是綠色的對話框。

「因為我傳了三萬則訊息給你，你一則也沒回我，」孟嬰寧說著，鼓了鼓腮幫子，有些哀怨地看著他，「你為什麼不回我。」

她自己都沒發現，她說著這句話的時候語氣裡帶著嬌嗔和親昵。

陳妄拿著筷子的手頓了頓，眼皮掀起，不答，漫不經心問：「怎麼進來的？」

「我傳了訊息給蔣格，他來幫我開了門，」孟嬰寧把手機收回來，放在桌上，然後低著頭鍥而不捨地、很膽小地小小聲嘟囔：「狗陳妄在家睡覺，卻不回我訊息。」

陳妄聽見了，挑眉：「膽子肥了？」

孟嬰寧裝沒聽見。

「妳就因為這個大晚上不回家跑過來？」

他身子往後靠了靠，椅背金屬的尖戳到傷口，動作一頓。

孟嬰寧注意到：「怎麼了？」

「沒，」陳妄身子往前挪了挪，「怎麼，怕我出事了？」

他笑了笑，有點痞，不是很正經地說：「這麼擔心我啊？」

他以為她會從椅子上跳起來否認，順便再罵他一頓。

「怕。」孟嬰寧沒猶豫地說。

陳妄愣了一下。

「我昨晚傳訊息給你，真的傳了好多則，你一直都沒回，今天還是不回，」乾淨的杏眼有些委屈地看著他，孟嬰寧第三次問，「你為什麼不回我？」

陳妄黑眸有些怔愣看著她，喉嚨動了動，沒說出話來。

半晌，他垂眼：「沒有為什麼。」

孟嬰寧覺得自己聽懂了他的下半句話。

沒有為什麼，就只是不想而已。

她也不知道自己為什麼要鍥而不捨地問，就好像聽到他一句答案像是一種交代似的。

非要幹這種自取其辱的事，聽著他親口說，然後再難過一次。

她又想退縮了，想跑，想縮回心思能夠安全的不為人知的殼裡。

但她不能，她要勇敢一點。

孟嬰寧好半天沒說話，也沒動，陳妄捏著筷子抬起頭，正對上她的視線。

女孩抿著唇看著他，眼睛濕漉漉的，像受了天大的委屈。

真的很愛哭。

陳妄嘆了口氣，放低了聲：「逗妳的，我的手機丟了。」

孟嬰寧眨了下眼，聲音裡帶著一點點小鼻音，黏糊糊的：「真的嗎？你不是剛買手機嗎怎麼又丟了，開車回家下車就到家門口了還能丟哪去，不想回就不想回，你怎麼騙人。」

她越說越難過，筷子一放，仰著腦袋，一臉要哭了的樣子，帶著哭腔特別可憐地說：「你不想理我就拉黑我好了，你幹什麼還騙我！」

「……」

她什麼樣是真的難過，什麼樣是嬌氣得開始要小脾氣陳妄太瞭解了，筷子一抬，面無表情看著她：「孟嬰寧，收回去。」

女孩哭哭啼啼的聲音戛然而止。

孟嬰寧抬手蹭一下眼睛，哭腔也沒了：「你的手機真的丟了嗎？」

「嗯。」

「你怎麼天天丟手機，蔣格還跟我說你平時都不吃飯，你是喝風過日子嗎？我看你肺沒被菸燻黑胃要先黑掉了，」孟嬰寧心情恢復愉悅，一邊絮絮叨叨地說著，一邊拿起筷子夾了片水煮肉片給他，筷子一頓，想起什麼似，又抬頭，皺起眉，「你的胃可以吃辣嗎？你沒有胃病什麼的吧，我忘了這個了，幫你點個清淡一點的？」

陳安以前挺喜歡吃辣的，孟嬰寧也喜歡，兩個人性格不怎麼和，在吃上當時倒是很一致。

「不用，沒事。」陳安垂眸，盯著她夾過來的那片水煮肉片看了兩秒，然後夾起來吃了。

中途，孟嬰寧起身去了廁所。

陳安家面積不大，廁所很窄，貼著黑色的瓷磚，裡面玻璃隔斷後是浴室，孟嬰寧進去回手關上門，一回頭，就看見浴室那邊黑色的地磚上扔著幾塊白色的東西。

白色長條狀的，上面血紅一片，中間深，邊緣被水浸得很淺。

孟嬰寧有一瞬間以為陳安家地上丟著女人用過的衛生棉。

她差點破口大罵：陳安！你他媽王八蛋！玩弄女孩子感情的人渣！

定睛兩秒，才看出來是紗布。

用過的紗布，邊緣還黏著白色的醫用膠帶，上面有乾涸又被水浸濕的血跡，一大片洇開，將整塊醫用紗布染得通紅。

孟嬰寧僵硬地走過去，蹲下，撿起來，起身開門出了洗手間。

她拿著那塊染著血的醫用紗布走到餐桌前，陳安剛好抬起頭。

看見她手裡的東西，頓了頓。

「你怎麼了？」孟嬰寧開口，聲音有點啞。

陳安嗓音冷淡：「沒怎麼。」

孟嬰寧笑了：「跟我沒關係是吧。」

陳妄沒說話，抗拒的態度很明顯。

他不想說的話，她可以不問。

他不想告訴她的事情，她就假裝不知道。

即使她看了蔣格傳來的影片，也知道陳妄現在有哪裡不對勁以後，每天提心吊膽，聯絡不上他就擔心他是不是又去幹什麼了，一下班就搭車過來了，她都沒有想刨根問底地問問他到底發生過什麼，他心裡藏著什麼，他有什麼顧慮的難過的事情。

每個人的心裡都是有祕密的。

他現在暫時還不喜歡她，不想告訴她也是很正常的事情。

她可以等他，可以慢慢來的。

等他什麼時候覺得好像有點喜歡她了，覺得她是可以相信或者依靠的人了的時候，等他願意信任她，把什麼都告訴她。

但那是在沒有切實看到他已經受到傷害的基礎上。

孟嬰寧想起他剛剛坐下靠到椅背上時一瞬間的僵硬和不自然收回的手臂，深吸一口氣，聲音竟然異常的平靜：「脫衣服。」

陳妄慢吞吞地掀了掀眼皮，不動。

孟嬰寧沒再說話，直接把手裡的醫用紗布扔在地上，走到陳妄面前抵著餐桌往前推了推，桌子腿磨著地面發出「刺啦——」的一聲，孟嬰寧已經站到他和餐桌之間的空隙，單膝跪在他坐的那張椅子邊上，俯身壓下來，抬手去解他的襯衫釦子。

她捏著金屬釦子的手指在抖，一顆解開，柔軟冰涼的指尖滑過男人溫熱的胸口。

陳妄的身體繃了繃，整個人僵住。

孟嬰寧解開第二顆，隨著她的動作暴露出一片赤裸胸膛。

陳妄一把捏住她還要往下滑的手腕，拽著往上抬了抬，扯開她的手止住她的動作，咬著後槽牙啞聲警告道：「孟嬰寧。」

他的力氣特別大，沒怎麼控制，捏得她的手腕很疼了。

孟嬰寧睫毛顫了顫，紅著眼睛抬起頭來。

「妳現在不得了了，大晚上就敢這麼脫男人衣服？」陳妄唇角勾著笑，深黑的眼看著她，眼神很冷，「要不要我直接讓妳坐在我腿上脫？」

手腕被人捏著提起來，疼得像是骨頭斷掉了。

陳妄冷漠看著她，神情以及略帶嘲諷的語氣都讓她覺得無地自容。

孟嬰寧分不清到底是心疼和擔心多一些，還是羞恥和難堪更多。

如果是一個月前，甚至一週前，她可能會奪門而出，會跟他冷戰吵架，會在心裡第一百次發誓不要再理他了。

但是現在。

「我看看，」孟嬰寧忍著淚，咬緊牙紅著眼睛很堅持地看著他，聲音低低的，「讓我看看。」

陳妄唇邊垂下來，手沒鬆開，也沒說話。

看著她的眼神冷漠得人心裡一縮。

他真的太冷了，又凶，講話特別傷人。

孟嬰寧覺得自己像個倒貼上去，然後被一次次毫不留情推開的臉皮很厚的女人。

她突然覺得自己可能一輩子也捂不熱他了。

喜歡一個人真的太苦了，喜歡一個人為什麼會是這麼卑微又難過的事情。

她有些憋不住了，死死咬著嘴唇，始終含在眼眶裡的淚一串串咕嚕嚕地往下滾。

啪嗒一聲，溫熱的淚珠砸在男人的胸膛上。

孟嬰寧的眼睫急慌慌低垂下去，跪在他面前的身子無力地往下塌了塌，被抓著的手臂跟著往上提了提，眼淚掉得安靜又無聲：「我疼……」

她被他抓著的手很小幅度的掙扎了一下，哽咽著小聲地，委屈地哭：「疼，你別拽著我……」

陳妄一頓，觸電似的鬆開手。

女孩纖細的手腕上被捏出紅色的印子，她的皮膚很白，幾道紅痕印在上面，看起來有些觸目驚心。

陳安垂眸看了一眼，唇線平直抿著，抬手握住她的手腕拉到面前，動作很輕。

孟嬰寧一把把他的手甩開，聲音裡帶著忍不住的哭腔：「我又不問你，我什麼都不問你，你不想告訴我我都不問了，我知道你嫌我煩，覺得我多管閒事，是我賤，但是……」

「但是你流了那麼多血，」她的淚水劈哩啪啦地往下滾，崩潰似的哭著閉上眼睛，含糊地重複，「那麼多血，我只是看看你，我想看看，你幹什麼那麼凶……」

聲音難過得讓人的心揪在一起。

陳安喉嚨滾了滾，脊背緊繃，手指一根根起蜷起，又展開，指節泛白。

沉默兩秒，陳安閉了閉眼，下頷骨微動，嘆了口氣。

他抬起手來。手臂從她身側穿過，勾住她的背，往下按。

孟嬰寧本就單膝跪在椅子邊上，站得並不穩，猝不及防跌進他懷裡。

孟嬰寧的哭聲戛然而止。

陳安一手環著她，另一隻手抬起按在她的腦後，將她一顆小腦袋往自己肩膀上按了按，聲音有些無奈：「怎麼有那麼多眼淚要流，妳是個小水龍頭嗎？」

他在抱她。

孟嬰寧的下巴抵著他的肩，睫毛上掛著淚，有些恍惚。

很溫柔的抱著她。

她剛剛哭得凶，這時身子還在反射性地抖，柔軟小小的一團縮在他懷裡抽噎著，止不住，下巴上掛著的淚珠蹭到他脖頸那塊，觸感濕涼。

陳妄以為她還在哭。

他的手指穿過她柔軟的髮絲，動作很輕揉著她的頭髮，嘆息似的：「不哭了，寧寧聽話。」

孟嬰寧被他叫得心上一顫。

他的聲線很沉，咬出她名字那兩個字的時候曖昧又勾人，說不出的親昵感。

孟嬰寧不敢動，總覺得動一下就會像夢似的醒了，任由他抱著，腦袋小心翼翼地往他頸間埋了埋。

陳妄的指尖一下下梳著她的頭髮，聲音低沉：「沒覺得妳煩，也沒嫌妳多管閒事，在那一個人亂七八糟的瞎說些什麼？」

「你特別凶，」她吸著鼻子，聲音哭得有些黏糊沙啞，「還瞪我，用那種眼神看著我，你還捏我，跟我說那樣的話。」

孟嬰寧的膽子大起來，小聲罵他：「王八蛋都沒你混蛋。」

陳妄笑了：「妳這是跟我告狀？告誰？嗯？」

孟嬰寧覺得自己實在是太好哄了，他抱抱她，摸摸她的頭髮，叫她一聲，她那點氣和委屈就全沒有了。

也太沒出息了。

她洩憤似的咬一下他的肩膀，也不知道是在氣他還是氣自己。

肌肉硬邦邦的，磕著門牙有點疼。

孟嬰寧更氣了。

柔軟的唇隔著襯衫布料貼上來，牙齒不痛不癢咬住肩膀上的肌肉輕輕咬了咬，又咬了咬。

陳妄揉著她頭髮的動作倏地停住了。

孟嬰寧以為是被她咬得疼了，趕緊抬起頭來。

被他這麼抱著，孟嬰寧覺得有點不舒服，她覺得自己整個人都快掉下了，想起來，又捨不得推開他，人像隻小蟲子一樣，試圖尋找一個舒服一點的姿勢。

她壓著椅子像個小蝸牛似的一點一點的挪動。

陳妄人「嘶」了一聲，提著她把人從自己懷裡抓起來，瞇眼：「老實點。」

女孩被他拎起來，眼睛哭得通紅，眼皮稍微有點腫，睫毛上還掛著淚，濕漉漉的眼看著他，唇瓣微張，似乎完全沒有反應過來。

孟嬰寧茫然的看著他。

過了差不多十秒。

「……」

孟嬰寧張了張嘴，又閉上，又張了張，那張掛滿了淚痕的小臉瞬間紅了。

孟嬰寧呆滯又驚恐地看著他，下意識往後躲了躲。

陳妄的牙都要咬碎了。

喜歡的女孩就在懷裡，跟隻小狗似的蹭來蹭去。

他能有什麼辦法。

孟嬰寧不敢看他，抬手捂住眼睛，又覺得太刻意了，手指一點一點滑下去，紅著臉不知所措：「我……對不起，我要不要先站起來？」

「……閉嘴。」陳妄用牙縫裡擠出來似的聲音說。

孟嬰寧閉嘴了，腿小幅度的，慢吞吞地，自以為神不知鬼不覺地從椅子上收回去，踩到地上，人往後蹭了兩步，站在他面前。

陳妄：「……」

孟嬰寧也不敢看他，只是垂著頭，抬手，食指指尖輕輕撓了撓通紅的下巴。

她手一抬，陳妄看見她手腕上被捏出來的印子。

這時已經有點青了。

陳妄唇角繃直，手指抬了抬，想動，又硬生生忍住了。

「靠，」他低聲罵了句髒話，擰著眉看著她手腕上淡青的印子，「豆腐做的嗎……」

他都不敢用力，還控制著力道。

孟嬰寧還沉浸在自己的世界裡自顧自的羞恥著，迷迷糊糊抬眼：「什麼豆腐？」

「沒什麼。」陳妄說。

孟嬰寧「哦」了一聲，也沒往下問，看著他，眨兩下眼，抬抬手，指尖指著他。

陳妄：「幹什麼？」

「那我還能看看嗎，」孟嬰寧指著他敞開的襯衫領子，吞吞吐吐地小聲說，「都，一半了……」

「……」

她還惦記著這事。

陳妄妥協般地嘆了口氣，抬手，解釦子。

傷口在後背，靠近肩胛骨的地方，當時爆炸的時候離得太近，就算他反應再快也來不及，其實背上還有，但陳妄不想讓她看見。

很快孟嬰寧就顧不上害羞了，他脫到一半，頓住，但敞著的領口隱約露出一點點暗紅的邊緣。

孟嬰寧抿著唇走過去，抬手，指尖捏著他的襯衫衣領，往下扯了扯。

男人的肩膀和背脊露了出來。

他的肩胛處有很長一道傷口，明顯是新傷，縫了好多針，黑色的線蜿蜒埋進鮮紅的皮肉裡，邊緣的肉被泡得有些發白，傷口末端線頭撐開，看起來有些撕裂，血肉模糊地翻出來。

有黏稠的血從傷口裡一點一點緩慢地滲出來，襯衫的布料也有點潮，因為是黑色的，所以剛剛根本沒看出來。

孟嬰寧的手不受控制地抖，指尖小心地碰了碰他傷口邊緣肩胛處的皮膚，滾燙的。

陳妄見她眼眶又變得通紅，有些無奈：「別又哭啊，老子真的哄不動妳。」

孟嬰寧沒說話。

半晌，她才開口，聲音很啞：「什麼時候弄的，昨天？」

陳妄看著她，「嗯」了一聲，想起她剛剛哭得天崩地裂的樣子。

頓了頓，說：「昨天出車禍了，手機也是那個時候丟的，不是故意不回妳。」

孟嬰寧難受地吸了吸鼻子：「傷了就好好換藥注意一點，別壓著扯著讓它好快一些。紗布也不包什麼都不弄，不能吃辣也不說，最好就這麼等著它感染然後讓你一個人死在家裡是吧？」

她的語速很快，聲音壓抑著，卻沒哭：「既然這樣你還裝模作樣縫什麼針？就乾脆這麼晾著它好了，死得更快。」

快氣死了。

他的傷裂成那樣，想也不用想都知道他有多不注意，或者說根本就不在意，在浴室裡就把紗布扯了，還沾了水。

孟嬰寧現在氣得想打他。

她沒好氣地抵著他的肩膀往前小心推了推，後退一步，硬邦邦地說：「藥呢？」

陳妄鼻音低低，有些漫不經心：「嗯？」

孟嬰寧又想罵他了：「醫院開的藥！你昨天去縫針的時候醫院沒開給你嗎！消炎消毒的內服外用的！」

明明是很軟綿綿毫無殺傷力的嗓子，炸起毛來語氣又特別凶。

陳妄忍不住勾了下唇角，老實道：「門口塑膠袋子裡。」

孟嬰寧氣鼓鼓地走過去，拎了袋子又走回來，走到沙發旁，開了旁邊的落地燈，遠遠地瞪著他：「過來呀！」

陳妄起身走過去，在旁邊的沙發上坐下。

孟嬰寧坐在他旁邊，白色袋子放在腿上，將裡面的紗布、醫用膠帶、優碘都拿出來，還有幾盒亂七八糟陳妄不知道是什麼的東西。

她一樣一樣仔仔細細地看過，醫用脫脂棉塞進優碘瓶子裡浸濕，捏出來，側身趴在他背上。

燈光下看起來更嚇人，孟嬰寧指尖碰了碰邊緣：「都燙了。」

她說著，冰涼的藥棉輕輕地沾上傷口，一下一下很輕地點上去。

陳妄手肘搭在腿上前傾著身，側頭抬眼看她。

女孩皺眉抿著唇，長長的睫毛低垂著，神情專注又小心，很仔細的一點一點蘸上去擦拭。

陳妄心念微動，心臟像融化了。

注意到他的視線，她側過頭，動作停住，滿臉緊張地問他：「疼嗎？」

陳妄沒說話。

孟嬰寧的指尖搭著他肩膀，頭已經湊過去，對著他傷口輕輕吹了吹。

陳妄眸光暗了暗。

孟嬰寧將那塊髒了的棉花丟進垃圾桶裡，又換一塊乾淨的，輕輕拭掉邊緣乾涸的血跡一邊說：「你自己注意洗澡的時候不能碰到這塊，別沾水，辣的和海鮮也不能吃，還有酒。」

「藥也要換，三餐正常吃，不能不吃的，也別總熬夜了，我今天七點來你還在睡，你過的是哪國的時間啊。」

孟嬰寧像個老媽子似的說了一堆，又覺得他其實不會聽的，想了想，放棄了：「算了，晚上我來吃晚飯，順便幫你換藥好了，從明天開始我每天晚上都過來。」

她說完好半天，陳妄都沒說話。

孟嬰寧等了半天沒等到回應，手上動作停了停，抬起頭，臉一扭正對上他的視線。

陳妄沉默盯著她，眼神幽深：「每天晚上都過來？」

孟嬰寧被他盯得有點發毛，大眼睛看著他眨了兩下，跟點頭似的。

陳妄笑了一聲，懶洋洋地直起身來，緩聲說：「那來了還走嗎？」

他說這話的時候語調很平，淡淡的，尾音輕飄飄滑過去，帶著點漫不經心。

夜風溫柔。

窗簾被曖昧的風聲鼓起。

孟嬰寧一隻手捏著藥棉，另一隻手指尖還搭在他裸著的肩頭，眨著眼脫口而出：「還能不走嗎？」

隱隱有些小期待。

陳妄眉梢略一挑，看著她，意味深長。

孟嬰寧回過神來，閉上嘴，耳根滾燙。

她瞪著他，好半天才憋出一句話：「當然走的！」

陳妄看了她好幾秒，才一扯唇角，懶洋洋說：「車送去修了，沒辦法送妳，自己能走嗎？」

他說話的時候始終看著她。

孟嬰寧被他那個眼神盯得心裡莫名發虛。

這話乍一聽起來是很成人向、很容易讓人多想的，但是陳妄看著她那雙眼完全不是那麼回事。

不知道是因為她本身心裡有小算盤的還是什麼別的原因，孟嬰寧總覺得他的眼神裡帶著某種探究。

或者審視。

孟嬰寧有種整個人被他看得透透澈澈的感覺。

那些小心思像是被擺在日光下的玻璃罐子裡，她的所思所想被他看得透透澈澈，無所遁形。

「有什麼不能走的，我又不會很晚回去，這個時間還有地鐵呢，」孟嬰寧越說心越虛，匆匆別開眼，不知道為什麼，好像無論說什麼自己總是比他弱勢一點。

孟嬰寧不開心地鼓了鼓腮幫子，扭過頭去捏著藥棉蹭了蹭他傷口上的血痂，沾上，蹭掉，動作不是那麼溫柔了。

陳妄肩胛處的肌肉很不明顯地繃了一瞬間，沒說疼，甚至還沉聲笑了笑：「又要什麼性子？」

他真的很能忍。

孟嬰寧看著那一條從肩頭一直蜿蜒到接近肩胛末端長而深的口子，只看著都覺得指尖發麻，自己背上那一塊跟著隱隱作痛，不敢想這麼長的傷口會有多疼。

她抿著唇放輕了動作。

孟嬰寧不太會弄這些，清理完之後的步驟她就不會了，拿著手機偷偷點開搜尋引擎的時候被陳妄抓個正著。

女孩半天沒聲音，坐在他後頭安安靜靜地，偶爾窸窸窣窣動。

陳安回頭，看著她拿著手機抬起頭。

陳安：「妳幹什麼呢？」

孟嬰寧把手機螢幕舉給他——外傷縫針如何包紮傷口。

孟嬰寧說：「我查查。」

「……」陳安嘆了口氣：「弄個外賣穿圍裙，隨便糊個紗布還要上網查，妳還能幹什麼？」

最後還是陳妄耐著性子教她，藥怎麼上，紗布怎麼剪怎麼纏。

她有點笨手笨腳地弄好了，醫用膠帶貼得歪歪扭扭的，還翹著邊，但外表什麼樣不重要，反正效果都一樣，上面包成一朵玫瑰花難道就能好得快嗎，總比他那麼大咧咧地晾著不管強。

孟嬰寧對著成品看了一陣子，還挺滿意的，她盤腿坐在沙發上，身子往後靠了靠，問：「還有哪嗎？」

「沒了。」陳妄說。

「可是我在浴室裡看見好幾塊紗布。」孟嬰寧很不善解人意地說，「還有幾塊小的。」

「……」陳妄沉默了一下，轉過身來看著她，淡問：「要看？」

「看啊，」孟嬰寧已經拿好新的醫用脫脂棉了，特別乾脆地說：「來！」

陳妄瞇了下眼，哼笑一聲，然後站起身來。

孟嬰寧坐在沙發上，不明所以地看著他不緊不慢站起來，修長的手指搭上皮帶金屬釦，喀嗒一聲，解開。

「……」孟嬰寧傻眼了。

陳妄懶洋洋地把皮帶扯開，手又搭上褲腰，作勢就要脫。

「……」

你他媽……

孟嬰寧手裡攥著乾淨的脫脂棉，一臉驚恐地屁滾尿流從沙發上爬起來，手腳並用蹬蹬蹬爬到另一頭，遠遠地跪坐在沙發盡頭，面紅耳赤：「你幹什麼呀！」

陳妄撩了撩眼皮子：「妳不是說要看？」

那你又沒說傷在需要脫褲子的地方！

「不看了！不看！」孟嬰寧閉著眼，將手裡攥成一團的脫脂棉胡亂朝他丟過去，崩潰嚷道，「你自己弄！我要回家！」

孟嬰寧到家的時候不到十點，陳妄雖然問她自己能不能走了，最後還是把她送到家門口，看著她進了大樓。

孟嬰寧上去，照常趴在窗邊往樓下看，找他，這次沒找到人。

走得挺快。

孟嬰寧撇撇嘴。

樓上那顆小腦袋消失了，窗簾重新被拉上。

時間一分一秒過去。

不知道過了多久，樓上落地窗前晃過一個小小的影子，晃了兩圈，然後客廳的燈被關掉了。

陳妄這才叼著菸不緊不慢從陰影裡走出來，剛剛站過的地上全是菸頭。

他仰頭，看著隔著窗紗透出來的暖黃色的光線，心裡躁意不斷湧出來。

今晚太多事情超出他的預料。

不該管她，不該說話。

可是看著她就那麼跪在自己面前哭，哭得委屈又難過，哭得一抽一噎的身子一點點無力往下沉的時候，所謂的自製力就像被放了氣，沒得一乾二淨。

女孩現在厲害得很，跟前段時間完全不一樣，無論他說什麼，也不走，就這麼又倔又強地堵在他眼前，抓著他的命門一遍又一遍的磨。

見不得。

沒辦法看著她這麼哭下去。

想抱抱她，親親她，吻掉她眼裡含著的淚，堵住那張帶著哭腔不斷吐出一些亂七八糟話的柔軟嘴唇。

陳安很煩躁地「嘖」了一聲，將手裡的菸蒂丟在地上，踩滅，轉身離開。

孟嬰寧洗了個澡關燈以後回了臥室，躺在床上翻來覆去好半天也沒能睡著。

她平躺在床上，睜著眼睛看著昏暗的天花板，眨了兩下，發了一陣子呆，忽然撲騰著翻了個身，趴在床上把手機從床頭摸過來。

她點開訊息，兩條小腿抬起又落下，腳背一下一下拍打著床單。

安靜的臥室裡發出很輕的聲音，孟嬰寧劈哩啪啦打字，發了個動態，還是僅對自己可見。

發完，她看著那則動態一陣子，腦袋啪嘰一下扎進柔軟的枕頭裡。

抱她了，主動抱她了，還……

孟嬰寧鼻尖蹭著枕頭布料，在黑暗中紅了紅臉。

她撲騰著抬起頭來，又扯過手機看了時間一眼，不到十一點，林靜年很大機率已經睡了。

她點進林靜年的聊天畫面，先傳了個看起來春心蕩漾，還蕩漾得有點猥瑣的梗圖過去。

孟嬰寧：『嘿嘿。』

等了一下子，林靜年：『……？』

孟嬰寧實在不知道跟誰說，以前澈底不說再加上跟陳妄又沒有聯絡，倒也還好，上次開了一次口，傾訴欲就像開了閘門的洪水傾瀉而出，憋都憋不住。

孟嬰寧：『年年！他今天抱我了！』

林靜年：『……你們上次不是抱了嗎？』

孟嬰寧興高采烈地：『那不一樣！上次是我抱他，而且是特殊情況，這次他主動抱我了！還哄我了！』

孟嬰寧臉紅了：『還叫了我的小名。』

手機那頭的林靜年：「……」

林靜年對她的進度感到挺迷茫的，也不知道她這個近乎等同於原地踏步的進展到底有什麼好開心的。

正茫然著，就看見孟嬰寧又打過來一行字：『而且他好像硬了。』

隔著螢幕都能看出來她的小心翼翼：『所以說，他是不是也有點喜歡我的？』

「……」

林靜年差點沒被口水嗆著：『？？』

林靜年：『妳幹了什麼了讓人家硬了？』

孟嬰寧：『就，他抱我的時候，我咬了他幾下……』

林靜年直接打了個視訊電話給她。

孟嬰寧接了，兩人都差不多準備睡了，全是黑乎乎的一片，林靜年問：『妳咬他哪了？』

語氣嚴肅，像個老媽子。

「脖子那塊，還有肩……」孟嬰寧小聲說。

林靜年默然。

都快二十五的人了，她這個閨密為什麼能這麼純。

林靜年嘆了口氣，思考一下措辭，說：『狐狸，男人不是只有喜歡一個女人的時候才會有這種反應的，妳在一個成年男人懷裡，抱著人家咬人家脖子，妳都不用咬，就妳這個胸往上一壓，生理功能正常的男人都不會一點反應都沒有。』

她頓了頓，補充：『無論他喜不喜歡妳。』

孟嬰寧不說話了。

林靜年趕緊說：『我不是對妳潑冷水啊，也不是說他不喜歡妳的意思，我的意思是，妳用這個來判斷他對你有沒有意思，不太準，畢竟男人只要是個女的脫光了往那一站，他們都能硬。』

「我知道妳的意思，」孟嬰寧那邊頓了頓，「但是他會這樣，至少說明他是把我當女人的？

就，我在他看來也是有一點女性的那種，吸引力的吧？」

『……』林靜年驚了：『妳他媽到底是看上了什麼樣的神仙男人，能讓妳不自信成這樣？妳給我拉把他出來，拉出來我看看，讓我長長見識。』

「……」

孟嬰寧可不敢讓她長長見識，這見識真長了要出人命的。

可是她又不能解釋太多。

她跟陳妄從小一起長大，青梅竹馬這個東西有些時候其實是很難說的。比如她跟陸之桓、陸之州還有二胖他們，有些時候孟嬰寧是不太會把他們當成異性來看待的。彼此太過熟悉，性別會有一定程度的模糊，就像陸之桓，女朋友一個接一個的換，不知道多少女生前仆後繼的喜歡他，可孟嬰寧完全不能理解，不知道他吸引人在哪裡。

怎麼看不就是那麼一張臉，還是個粗神經的人，孟嬰寧很難用看待一個異性的眼光和角度去看他。

她好半天沒說話，林靜年以為她是低落了，有些後悔自己剛剛說了那些話：『真的，狐狸，我覺得妳真的喜歡，想追一點問題都沒有，妳追起人來我是真的想不到被拒絕是什麼樣，自信一點就行了，妳平時皮起來膽子不是挺大的嗎？』

孟嬰寧被她說得一愣一愣的：「那不一樣吧。」

『怎麼不一樣？哪裡不一樣了？』林靜年理所當然地說，『我們寶貝狐狸就算找個世界首富霸道總裁長得無敵帥的都是他高攀，這個世界上沒有男人能配得上妳，喜歡妳就撩他，也別告白什麼的，就往死裡撩他媽的，我就不信了，男人還能有撩不動的？』

孟嬰寧：「……」

孟嬰寧挺認真的考慮了一下林靜年的話，剛開始有點恍然，後來覺得還挺有道理。

孟嬰寧又有點蠢蠢欲動了。

第二天下班，她去超市買了一些弄起來很簡單的，她會做的蔬菜，又買了塊牛肉，到陳妄家。到的時候六點多，她敲了門等了一下，裡面開了。

陳妄隨意套了件襯衫，長褲，懶洋洋地站在門口，看見她，側了側身。

掃了她一眼，眼神很淡。

孟嬰寧腳步頓了頓，有點莫名地看了他一眼。

昨天明明還挺好的，怎麼一個晚上過去，這人又變回以前那種冷冰冰的樣子。

孟嬰寧進屋，回手關上防盜門，陳妄手裡拎著拖鞋丟到她腳邊。

還是他的，她第一次來穿的那雙。

孟嬰寧拎著超市的袋子進了廚房，牛肉是切好的，開水燙了一下以後放進高壓鍋裡，加清水燉湯。

別的菜都比較快，她洗好蔬菜放在廚房砧板上，洗了手，走出廚房。

陳安坐在沙發上看書。

他竟然在看書。

不過他以前成績好像確實還挺好的……

聽見聲音，陳安抬起頭來，看向她：「忙什麼？」

「燉個牛肉湯，」孟嬰寧扒著手指頭算，「一個番茄炒蛋，一個秋葵山藥。」

陳安挑眉：「秋葵還能和山藥一起吃？」

孟嬰寧眨眼：「那你吃不吃。」

「吃，」陳安闔上書，放到一邊。

孟嬰寧顛顛地跑過來，在他旁邊坐下，又從他面前傾身過去拿旁邊矮桌上放的裝紗布的袋子。

矮桌在沙發扶手旁邊，陳安靠著邊坐，她這麼往前一靠，身子傾過來，上半身壓在他腿上。

軟。

帶著香味。

陳安垂眸。

她今天穿了件白色的吊帶裙，外套一脫，露出細嫩的肩，修長的頸，柔軟的長髮半搭下來，漂亮的背部線條就出來了，蝴蝶骨削瘦，像兩片薄薄的蝶翼展翅欲飛。

孟嬰寧終於把袋子拿過來，慢吞吞地直起身，把紗布什麼的都拿出來：「湯和米都要等一下才能好，先換藥，換完再吃飯。」

她抬頭：「脫衣服呀。」

陳妄不動。

孟嬰寧眨了眨眼：「要我幫你脫嗎？」

他還沒說話，孟嬰寧已經動了。

女孩很輕地吸了一口氣，像下定什麼決心似的，手裡的紗布和裝優碘的瓶子往旁邊一放，踢掉拖鞋跪在沙發上，指尖軟軟地攀著他的肩，長腿一跨，坐到他腿上。

孟嬰寧想起林靜年昨天晚上說的話，閉了閉眼，狠狠咬了一下舌尖。

不就是撩嗎？就往死裡撩他媽的。

她跨坐在他身上，裙擺隨著動作往上翻，露出細白的小腿，柔韌大腿帶著溫度貼上來，抬手去碰他的襯衫釦子。

和昨天一樣的動作，和昨天截然不同的，很赤裸又明顯的意思。

陳妄看著她咬了咬嘴唇，低垂著的，長長的睫毛很明顯地顫了顫，耳尖羞恥得通紅，一直蔓延到耳根，手指在抖。

來。

也許是因為緊張，她的大腿往裡收了收，夾在他腿側，貼著粗糙的褲子，很柔軟的力度壓過

眸光一寸一寸拉暗。

呼吸屏住兩拍，然後有些重了起來。

肩線連著背肌繃緊。

喉尖跟著滾了滾。

原本因為對象是她，所以她的親近，或者偶爾逾越的舉動，他不太會往亂七八糟的方向想。

但他又不是傻子。

無論他再怎麼不去多想，所有的跡象，孟嬰寧這幾天的所作所為，尤其是此時此刻她完全出格的，匪夷所思的行為——都在向他說明一個再不可能也不得不承認的事實。

陳妄垂眸盯著她，緩慢瞇了瞇眼。

這女孩，在勾引他。

# 第十三章　我長大了

陳妟不是沒見過女人的十八歲小少年，這麼多年明裡暗裡跟他表露過好感的人其實不少，豔麗的、清純的、明目張膽的、欲擒故縱的，之前還在隊裡的時候，有小孩調侃他，多美的女人都凡心不動，看起來像個和尚似的，前女友怕是大和撫子仙女下凡。

陳妟當時腦海裡浮現出哭唧唧的一張臉。

少女烏溜溜的眼含著淚，挺翹的鼻尖通紅，眼皮也被她揉得有點紅腫，自以為很凶的瞪著他，委委屈屈地罵他王八蛋。

實在是和大和撫子這四個字半點邊都沾不上。

那時候文工團還沒解散，有個女生對他特別執著，很明媚嬌豔的性子，追人追得轟轟烈烈，身段漂亮得用男人私下裡的渾話說，跟個小葫蘆似的，蘇妲己轉世了。

簡單總結，是那種是個男人都抵擋不住的類型。

那段時間，陳妟手底下帶著的那群小孩一度非常懷疑，他們老大是不是有什麼難以啟齒的某方面障礙。

陳妟後來聽陸之州笑得前仰後合的跟他提過，他當時不怎麼在意。

倒不真的是什麼清心寡欲柳下惠，只是心裡太早占著那麼個沒良心的，別的再想入眼，是件很困難的事情。

而這個小沒良心的此時正坐在他腿上，人不知道在想些什麼，拙劣又稚嫩的挑逗。

這他媽才是蘇妲己。

陳安感覺自己整個人被分成兩半，一半跟隨著她，和邪念一點一點往下沉，另一半克制地浮在半空中不斷發出警告。

他不動，沒反應，孟嬰寧就更緊張。

女孩的動作越來越慢，耳朵越來越紅，貼著沙發的小腿緊張得不自覺向裡收了收，貼著褲線蹭了蹭。

陳妄一僵，猛地抬起手，一把抓住她的手。

孟嬰寧被他抓著，整個人瑟縮了一下，然後慢吞吞地抬起眼來，心虛看他。

男人眸光幽深，眼底有危險而銳利的光，像野獸看著獵物。

那樣的眼神，她是第一次見。

孟嬰寧抿著唇看著他，手指不安地蜷了蜷。

半晌，陳妄上半身前傾，抬手扶著她靠近：「想幹什麼？」

掌心乾燥，溫度很高，隔著薄薄的裙子布料貼上來有很陌生的觸感。

孟嬰寧聲音有點抖：「就……換個藥。」

「換個藥，」陳妄緩聲重複，似乎覺得有些好笑，「妳知不知道妳現在是在我家？」

低沙的嗓音鑽進耳朵，磨得人耳根發麻。

孟嬰寧沒說話，牙齒咬了咬下唇。

「說話。」

「知道……」孟嬰寧小聲說。

「知道？」陳妄瞇眼看著她，聲音低得近乎耳語：「那知道這藥現在就這麼讓妳換完，男人會想幹點什麼？」

他的手虛虛扶著她，掌心溫度很高。

然後清晰地感受到腿上的人一顫，睫毛抖著抬起眼來，濕漉漉的眼軟軟地看了他一眼，聲音輕細，小到幾乎聽不見：「知道……」

她低聲重複：「我知道的。」

陳妄扣住她腰的手指瞬間收緊，啞聲說了句髒話。

他倏地放開手，人往後靠進沙發裡，後槽牙緊咬，深黑的眼死死地盯著她。

咬牙切齒。

如果眼神能吃人，她現在應該已經被消化乾淨了，可能連骨頭渣子都不剩，孟嬰寧想。

好半天，陳妄才又開口，沉沉叫了她：「孟嬰寧，我不管妳想玩什麼成人遊戲，別找上我，我不奉陪，聽明白了？」

孟嬰寧狠狠咬了一下舌尖，口腔裡有一點點腥味蔓延，她忍下難堪硬著頭皮說：「我要是真的想玩什麼，不用我自己主動，有的是人。」

「那不是正好嗎，」陳妄略一勾唇，「換個人，省時省力，妳不喜歡？」

「不喜歡。」孟嬰寧說。

陳妄的表情淡了下來。

「我不喜歡，我不想換，」孟嬰寧說，「我就是想要你。」

陳妄沉默地看著她。

她破罐子破摔了，反正都已經這樣了，都已經說到這種程度了。

還有什麼好藏的，有什麼好躲的，有什麼好糾結的，有什麼好遮掩的。

喜歡一個人應該是正大光明的事，她又沒做什麼壞事，她只是喜歡他而已。

小時候一開始一看見他就躲，後來躲著躲著就會忍不住找他，看他在哪。

不知道是什麼時候變了味。

想看見他，想跟他待在一起。就算是吵吵架也是好的，她喜歡他沉著臉，不耐煩又無可奈何的樣子看著她，問她想不想吃蘋果派。

每當這個時候，孟嬰寧總是覺得，他也是很在乎她的，他是在哄她的。

客廳裡很靜，孟嬰寧的手撐在他的腿上，低垂下頭，努力拋開全部羞恥心：「我知道這樣會發生什麼，也不是知道，就是，就算真的要……也可以。」

孟嬰寧自己都不知道自己在說什麼，只不管不顧地胡亂地往下說：「你十年沒見過我，十年是很長的，我不是什麼都不懂，也不是小孩子了，而且我現在還挺好看的，身材也……沒那麼差，你應該也不吃虧。」

她咬著嘴唇，很固執地、委屈地說：「陳妄，我長大了。」

我長大了，你能不能看看我。

她說完好半天，陳妄都沒說話。

孟嬰寧不知道是不是過了幾分鐘，或者一個世紀，她聽見他很輕地嘆息一聲。

陳妄抬手，輕輕揉了揉她的頭髮，他的手很大，掌心乾燥溫暖。

「寧寧。」

「以後不能說這樣的話，」陳妄看著她，低聲說，「女孩子要愛惜自己。」

他的聲音裡有壓抑的疲憊，也有很沙啞的溫柔。

男人眼底是影影綽綽的，她讀不懂的情緒。

他是這麼說的。

視野一片模糊。

孟嬰寧才意識到她不知道什麼時候哭了。

陳妄早就看出來了。

她的喜歡，他其實全看出來了，所以他最近偶爾會用那種探究的、很複雜的眼神看她。

他什麼都知道。

這麼顯而易見的事情，她這段時間都做得這麼明顯了，看不出來才不正常。

一直以來沒點破，甚至今天所謂的成人遊戲，所謂的要她換個人，不過是拒絕的意思而已。

偏偏她還不死心，非要不撞南牆不回頭，非要不知好歹地要問出個結果來。

她把堅持了這麼多年的自尊摔在地上，把小心翼翼藏著的心思攤出來，把一顆心臟剖出來捧到他面前，她想告訴他。

你看，它為你而跳動，它可以是你的，我也可以。

他卻不要。

他說她不愛惜自己。

他一定認為她是那種很隨便的女人，隨隨便便就往男人身上貼，沒有羞恥心，連從小一起長大的青梅竹馬都不放過。

孟嬰寧難堪地低著頭，死死地咬住嘴唇，很壓抑地哭。

她不敢抬頭看他的表情。

她踉踉蹌蹌地從他身上爬下去，動作慌亂得毫無章法，嘩啦啦的聲響，沙發上的塑膠袋子和藥瓶全被掃到地上。

孟嬰寧蹲下身，手忙腳亂地把袋子裡的東西一樣一樣撿起來：「對不起。」

眼淚落在地板上，啪嗒啪嗒的，砸出一個個小小的圓形水漬：「對不起……」

孟嬰寧低垂著頭撿掉在地上的棉花棒：「你自己換藥吧，湯應該快好了，米飯也在鍋裡……」

她忍著哭腔，語速很快地說：「別的菜不會煮就先放著，湯要記得喝，那個牛肉好貴，你不要又不吃……」

孟嬰寧說完站起來，快步走到門口，拽過外套和包，埋頭穿鞋。

防盜門被推開，然後重新關上。

她沒再看他一眼。

陳妄靠坐在沙發裡，眼神很空。

一片寂靜裡，他閉了閉眼，又睜開，站起來，走到門口開門跟出去。

空蕩蕩的老舊樓梯間裡有鞋跟踩在臺階上的聲音，然後一聲輕響，再次恢復平靜。

陳妄下了樓，出來的時候孟嬰寧剛好走到社區門口。

夜風很靜，她的外套抓在手裡，沒穿，長長的腰帶拖在地上，她完全沒發現，低垂著頭，慢吞吞地往前走。

陳妄保持著一點距離，無聲無息地跟在她後面。

他看著她出了社區，轉上人行道，時間不算晚，偶爾有兩、三個行人和她擦肩而過。

她沿著昏黃的路燈往前走，走過了公車站，又過了地鐵站。

再往前走是一所中學，這時大概是高年級的學生剛下了晚自習，穿著校服的少年少女笑嘻嘻地往外走，學校門口有小商販推著推車賣小吃零食，油炸食品的香味四散在夜色裡。

有個綁著馬尾辮的少女蹦蹦跳跳地出了校門，她身邊跟著個高大的少年，女孩指著一個小吃車，揚起小臉說：「我想吃這個雞排。」

少年看都沒看：「不行，垃圾食品。」

女孩子不高興，皺眉瞪他：「我要吃！我又不常吃，你怎麼天天這個不讓我做那個也不讓我做！你好煩人！」

少年被她吵得煩了，抬手彈了彈她的額頭，沒好氣地說：「就知道吃。」

他說著，一臉不耐煩地走到小吃推車前，買了一份雞排。

孟嬰寧忽然停下腳步，站在路邊看了一下子。

那女孩吃到雞排，嘴巴裡咬著，被壞脾氣的少年扯著手拉走了。

學生漸漸散了，校門被保全唰地拉上，四周重新恢復安靜。

孟嬰寧慢慢地蹲下了身，手裡的包和外套都丟在地上，手臂環著膝蓋抱住，頭埋下去。

然後纖細的肩膀不受控制地顫抖。

陳妄聽見很低的啜泣聲隱隱約約傳過來，剛開始只是細微的，像受傷的小動物，然後一點一點變大，女孩子止不住的哭聲在安靜的夜色中響起。

她像是終於找到情緒的宣洩口，蹲在路邊，頭深深埋在臂彎裡，崩潰般地嚎啕大哭。

孟嬰寧不知道自己哭了多久。

四周漸漸從偶爾有人聲響起，到後來整個街道一片安靜，路燈發出微弱的滋滋啦啦的聲音，秋初零星頑強的小飛蟲繞著燈柱在頭頂盤旋。

孟嬰寧抬起頭，眼睛哭得有點腫，視線模糊，嗓子火燒火燎地疼。

她抬手抹了一把眼淚，然後抓起地上的包和外套，想站起來。

腳和腿發麻，腳底板像被細細密密地小針扎著，說不上來的痠疼讓她趔趄了一下，然後整個人跌坐在地上。

她安靜地在地上坐了一下子，看著眼前夜裡的街道，有些茫然。

所以她算是，失戀了。

她的喜歡終於透過這種讓人狼狽不堪的方式傾訴出來，然後被理所當然的拒絕了。

她抹乾淨臉上的淚痕，手指捏著腳踝緩了一下，慢吞吞地從地上站起來。

纖細小小的身體晃了晃，然後站穩。

不遠處校門口那些賣小吃的商販全都走了，只有那個賣雞排的小推車還停在那，車棚頂掛著個圓型的燈泡，老闆借著微弱的光一張一張數零錢。

孟嬰寧頓了頓，走過去：「要一份雞排。」

小販看了她一眼，答應得痛快，唠噠一聲擰開油鍋，又掀開旁邊鐵盤子上的塑膠袋，夾出一塊雞排，下鍋。

等著的功夫，孟嬰寧說：「您還不走呀？」

小販咧嘴笑了笑，帶著口音很實在地說：「等高三下了晚自習再走，還能再賺點錢。」

孟嬰寧笑了笑：「辛苦了。」

小販看了她一眼。

很漂亮的女孩，穿得看起來也挺好，就是眼睛紅紅腫腫的，鼻子也通紅。

嘴角牽起來的時候笑得很勉強。

看她剛剛蹲在那哭得那麼傷心，也不知道是因為什麼。

原來看起來這麼漂亮光鮮的人也有自己煩惱的事。

小販想了想，把正在炸的那塊雞排撥弄到一邊，又從盤子裡夾了一塊大的下鍋，笑著說：「幫妳換一塊肉多的，不高興的時候就吃肉，吃飽了回家好好睡一覺，明天醒來什麼事都過去啦。」

孟嬰寧怔了怔，垂頭說了聲謝謝。

雞排炸好裝進小紙袋裡，孟嬰寧給錢又道了聲謝，然後接過來。

雞排炸得酥軟，觸感滾燙，因為覺得太燙，她墊了兩張紙巾，熱度隔著白色紙巾熨著指腹。

她其實並沒有很想吃。

只不過剛剛那買了雞排以後扯著女孩子往前走的壞脾氣少年身上，她總覺得隱約看到了誰的影子。

蔣格是第二天中午回來的。

少年身上穿著件牛仔外套，上面的金屬鏈子隨著他的動作叮鈴噹啷的響，裡面黑T恤上印著張牙舞爪的青龍，褲子破洞大到幾乎只有褲腰和腳踝連著牛仔布料，走路帶風，看起來非常龐克，頂著一頭橘黃色殺馬特髮型也完全不會讓人覺得違和的那種。

防盜門剛一開，蔣格發現這屋裡尼古丁濃度嚴重超標，雲霧繚繞像個仙境。

他嘴裡叼著棒棒糖，哼著歌，手裡拎著一堆吃的脫鞋進屋，第一件事就是直衝窗前，打開窗通風。

再回頭，看見沙發上橫躺著一個人。

蔣格嚇得一哆嗦，走過去，側著頭，仔仔細細地端詳了一下。

陳妄閉著眼躺在那，眼底有很重的淡青陰影，手邊沙發前的地上全是菸頭，一動也不動，跟死了似的。

蔣格腦子一抽，抬手，食指往他鼻尖下搭了搭，探了探鼻息。

手剛伸過去，陳妄倏地睜開眼，一把抓住。

「哎哎哎疼疼，哥，是我！」蔣格叫喚著。

陳妄看了他一眼，放開手。

「這又怎麼了，昨天還好好的，今天心情又不好了？」蔣格後退兩步，把手裡的袋子放在茶几上，一邊說，「嬰寧姐說昨天來，我猜家裡應該有吃的，只買了點水果，還有這個。」

蔣格從口袋裡掏出一個手機盒遞給他：「嚴格遵照你的要求買的，卡辦好了，還是之前那個號碼。」

陳妄的要求其實就是隨便買一個，能傳訊息就行。

蔣格當時不忍心告訴這個古董，現在不能傳訊息的手機有點難找，除非老人機。

陳妄坐起身接過來，打開盒子，拆卡，裝進手機裡，開機。

他對著空白的訊息畫面看了一陣子，然後鎖上，把手機丟到茶几上，人重新躺回沙發裡。

之前想著要有個聊天軟體是因為孟嬰寧那天因為他沒回訊息的事不高興。

現在看來也沒什麼用了。

蔣格看了他一眼，湊過來，很賤地問：「哥，你被甩了啊？」

陳妄漠然。

蔣格嘖嘖：「真的被甩了啊？為什麼啊，嬰寧姐是不是嫌你窮，住破房子，還沒有工作啊。」

陳妄沒理他。

「但是哥，你開 Land Rover 啊！七位數的車呢？沒跟姐姐介紹介紹？」蔣格苦口婆心，「雖然真愛不看這個，但是追人也不能太不注重這些物質上的東西，你要讓人家知道，我們家裡也不是沒有條件，只是過於低調。」

他囉哩吧嗦半天，陳妄跟沒聽見似的，蔣格看著他這幅樣子，有點不忍心，還要說什麼，茶几上的手機響起。

陳妄慢吞吞地睜開眼，抬手摸過來，接起。

『手機買好了？還挺快，醒著睡著？』陸之州問。

「怎麼？」陳妄開口，說了今天第一句話，聲音嘶啞，聽得蔣格愣了愣。

陸之州也頓了頓：『見面說吧，我半個小時到你家樓下。』

陸之州不到二十分鐘就到了，來的時候蔣格已經走了，陳妄簡單沖了個澡下樓，車停在樓下。

陳妄上車，陸之州方向盤一打，開出社區：「你那事交給刑警隊了，挺巧，負責人你也認識，林賀然，聽說出事的是你還讓我跟你傳達一下，沒死成他表示遺憾。」

陳妄仰頭靠著椅背，哼笑一聲。

陸之州：「是誰心裡有數了？」

陳妄「嗯」了一聲，腦海裡閃過男人淬了毒似的眼，那雙眼睛裡有燃燒著的滔天恨意。

「差不多，」陳妄說，「湯嚴那個弟弟。」

陸之州詫異：「湯城？他沒死？」

陳妄笑了：「我都還活著，他怎麼甘心死。」

陸之州表情沉了沉，不再開口。

過了一陣子，陸之州才岔開話題問：「對了，你跟嬰寧吵架了？」

「……」陳妄面無表情地側過頭來。

「別這麼看著我，」陸之州笑了笑，「阿桓說昨天晚上打電話給她了，感覺不太對勁，好像哭了。」

陳妄唇線平直抿著。

陸之州幽幽地說：「說哭得很傷心，嗓子啞得都快聽不出來在說什麼了。」

陸之州看了他一眼，嘆氣：「這丫頭其實從小就是這樣，看起來嬌氣，骨子裡挺倔的，掉兩滴眼淚過得也快，這次不知道是被誰欺負的，這麼傷心。」

陳安不接他的話。

陸之州愁啊。

前面十字路口紅燈，陸之州車停下，也不拐彎抹角了，乾脆說道：「你到底跟嬰寧說什麼了，人家能委屈成那樣？」

陳安淡淡道：「那你去安慰安慰。」

「……」

「不是，」陸之州無奈道，「我發現你這人真是越來越氣人，你平時就這麼跟嬰寧說話？」

陸之州真心誠意地問：「她為什麼還沒打死你？你是真的到現在都還沒發現、不知道嬰寧喜歡的到底是誰，還是不想讓自己知道？」

陳安沉默一下，說：「之前不知道。」

陸之州挑眉：「現在呢？」

「現在不能知道，」陳安露出一個很短暫的，迷茫而茫然的表情，「她以前喜歡的是你。」

「……」

陸之州差點被他氣笑了：「她以前喜歡我？她喜歡我會一見到你就臉紅？會有什麼事第一個想起來是去找你？會剛跟你吵完架你帶著去吃個甜點就好了？」陸之州說，「女孩子的想法跟男人不一樣的，你不能用你自己那種直接的思考方式去理解女生的行為。」

陸之州繼續說：「而且，以前的這些過去了就過去了，都不說，現在你不是想明白了嗎？怎麼拒絕了？」

陳妄沒說話。

孟嬰寧是什麼脾氣秉性他很瞭解，也清楚地知道她不是會隨便找誰玩玩的人。

從那天在火鍋店開始，她簡單而直白的眼神和表達方式都太明顯了，她就像一隻不知世事的小狐狸，伸出爪子來撓他一下，又怯生生地縮回去，眼神裡全是期待和猶豫，想讓他看出來，又怕他看出來。

青澀又赤裸，熱情又膽怯，勾人且動人，很難讓人不多想。

但陳妄不能想。

一旦確定了她的心意，他就不得不主動拉開距離，他不能招惹她。而在這個自我欺騙和掙扎的過程中，陳妄清晰地感覺到。

他正在一點一點淪陷，他在向她妥協。

陳妄以為自己在他和孟嬰寧之間築起的銅牆鐵壁可以刀槍不入，可以無堅不摧，結果不是。

只要她叫他一聲，他可以心甘情願地為她打開每一扇門。

她開口，他就臣服。

十字路口紅綠燈閃了閃，然後再度亮起，車子平緩地向前行駛。

就在陸之州以為陳妄不會在說話的時候，他聽見他低聲說：「我只是希望她能好，她不能出事。」

陸之州愣了愣，側過頭來。

「萬一我保護不好她，萬一又像以前……」

陳妄仰頭靠在靠著副駕駛座椅背，眼睛直直看著前面，眸光淡而沉，聲音有些啞：「我不敢賭。」

陸之州不知道該說什麼好。

他從來沒想過有一天，他會聽見陳妄說出「不敢」這樣的話。

一片安靜，一時間兩個人都沒說話。

手機鈴聲很突兀地響起，打破了空氣。

陳妄從褲子口袋裡抽出手機來，掃了一眼。

是一個陌生的號碼。

陳妄盯著那串數字幾秒，接起來。

他沒說話，對面也沒說話，安靜幾秒，手機那頭傳來一聲笑。

『中午好，想找你可真是不容易，廢了我不少力氣，』男人輕快地說，『前幾天送你的禮物喜歡嗎？』

陳安一頓，瞇起眼，身子緩慢地直起來。

「喜歡啊，」他嘲諷開口，「我以為你特地找了個人來幫我撓撓癢癢，幾年沒見，你只有這點本事？」

陳安說著看了陸之州一眼。

陸之州神色一沉，車子轉進一條安靜的街道，停在路邊。

電話那頭男人笑了笑：『你也說了，幾年沒見，先送個見面禮給你，貴在心意，你喜歡就行了。』

陳安略漫不經心說：「所以?下一步是什麼，見面禮送完了來找我敘舊聊天?」

『我是挺想跟你好好聊聊，不過今天有別的事，改天吧，』男人的聲音陰柔，溫和而愉悅，『昨天那個，是你的女人?』

陳安一頓，唇角一點點垂下去。

『惹嫂子生氣了嗎，』男人語氣愉悅，『就這麼看著自己的女人一個人哭那麼久多不好，就算你跟著她把她送回家她又不知道，不如上去哄哄。』

空氣像是凝固了。

陳安捏著手機的手指收緊，聲音裡聽不出情緒：「湯城。」

湯城像是被他的反應取悅到了，笑了起來：『這就急了?』

『陳安，』他聲音裡的笑意消失得一乾二淨，『我說過了，你身邊所有跟你有瓜葛的人，你在乎的人，你愛的人，我一個都不會放過，我體會過的都要讓你也嚐一遍。』

男人呢喃似的低聲道：『我跟你說過了，不是嗎？』

他說完，很耐心地等了一下。

陳安緩聲說：「我也跟你說過，你有本事就弄死我。」

他眼底一片死寂，聲線很低，壓抑著冰冷的暴戾：「要麼你現在弄死我，我活著一天，你敢碰她一下，我就送你到下面跟你哥團聚。」

陳安掛了電話以後沒猶豫，直接打了個電話給孟嬰寧。

陸之州在旁邊坐著看著他一通電話撥過去，沒說話。

車子被停在巷口，再往裡面轉是老四合院，紅磚牆邊靠著停了一排掉了皮的舊自行車，跟高樓大廈隔絕開，像兩個世界，車流聲遠遠從另一個空間傳過來的。

電話那邊響了好半天，然後被掛了。

「……」陳安側頭，「打個電話給孟嬰寧。」

陸之州二話不說，抽出手機，打電話過去。

響過幾秒鐘後，對面接了，孟嬰寧安靜一下，猶猶豫豫開口：『之州哥？怎麼了？』

聽到聲音的瞬間，陳安緊繃的神經放鬆下來。

他捏著手機的手垂下去，然後脫力似的靠進副駕駛座，長長出了口氣。

他整個人像是被放空了，隱約聽見陸之州在旁邊和孟嬰寧說話。

現在在哪？

在公司。

最近忙嗎？有沒有什麼高興的事？週末一個人無聊的話可以找阿桓出去玩玩。

孟嬰寧很乖的一一回答了，聲音聽起來和平時沒什麼不同。

那邊有人叫了她一聲，大概是工作上的事情，孟嬰寧提高一點聲音，應聲，然後掛了電話。

陸之州放下電話，看了他一眼：「在公司，去看看？」

「先不了，」陳妄神情懨懨，「走吧。」

陸之州重新啟動車子。

駛出巷子時，他忽然說：「我其實沒什麼立場說什麼，你跟寧寧對我來說跟阿桓沒什麼差別，我也不想讓嬰寧真的受傷，但是她也不是小孩了。」

陳妄有些時候很服陸之州這點，這人是個徹頭徹尾的老媽子，從小就能用一種好像大你二十歲的語氣苦口婆心。開頭一定是「你的事情我不會管，但是你看啊……」

最煩的是往往說得還都挺有狗屁道理的。

陳妄其實也明白他想說什麼。

湯城出現得很突然，銷聲匿跡幾年半點風聲都沒有的人忽然出現，上來就送了他一份大禮。

這份禮物送到他手裡十幾分鐘前，他在跟孟嬰寧說晚安。

那時候心裡對她不是沒有半點想法的。

而湯城就像是掐著時間特地來提醒他，不要奢望。

陳妄闔了闔眼：「我不該回來。」

陸之州皺眉：「說什麼屁話，消失了幾年的人，誰知道他會在這個時候突然冒出來？我都以為他死了。」

「其實我也不是不能理解你的想法，如果是我，我應該也會像你這樣，」陸之州嘆了口氣，「讓她以為你對她沒別的想法和心思，可能會有點傷心，但是難過個一段時間，或者說幾年吧，找個新男朋友也就過去了，哪有什麼過不去的，如果不這麼跟她說……」

陸之州頓了頓：「不這麼說我他媽也不知道會怎麼樣，我也不明白女孩子的心思不一樣在哪。」

「你沒機會像我這樣，」陳妄說，「她又不喜歡你？」

「……」陸之州有點無語：「這是重點？」

「難道不是？」陳妄說。

「是，這就是重點，」陸之州被他噎住了，「你可算是知道她喜歡的是你了。」

陳妄掃了他一眼：「你不是也挺喜歡嗎？」

「……」

陸之州怎麼聽都覺得有點怪怪的。

他很快明白過來陳妄這句話裡的賓語指的是誰：「唉，我說實話，要說以前對她從來沒起過一點心思那是騙人的，畢竟小女孩確實討人喜歡。」

陸之州笑著說：「不過我很快就回頭是岸了，現在也真的沒了。」

「哦，」陳妄說，「有也沒用，她也不喜歡你。」

「……」

陸之州強忍著沒把他踹下車。

真是服了，也不知道在炫耀什麼，明明人家現在連他的電話都不接了。

刑偵支隊。

陳妄站在門口，漠然看著一片狼藉文件白紙遍地飛的辦公室。

林賀然手裡端著個茶水杯，哼著憂鬱的藍調爵士樂穿梭在一堆廢紙裡：「街口和附近幾條街的監視器都調了，五菱宏光那個車牌是假的，後來那輛倒是真的，我讓人從開發區的橋洞裡拖回來了，路面監視沒看見有人上去或者下來，提前安排了人在橋底換了車走的。」

林賀然食指一抬：「對了，你說那人是誰？」

陳安回手拉上辦公室玻璃門，靠在門邊：「湯城。」

林賀然臉上吊兒郎當的笑斂了斂，茶水杯放在辦公桌上：「哦，他。」

兩人現在不是同一個體系，也有幾年沒見了，但林賀然轉業之前和陳安很熟，上下鋪過命交情的戰友。

那時林賀然無論什麼都要被陳安壓著一頭，陳安正的他就是副的，都快煩死了。

現在兩人形成鮮明對比，一個轉業一個失業，一個風生水起一個無業遊民。

林賀然的唇角再次快樂的提起，雖然他心裡其實並不見得有多愉悅，甚至看了這人現在這樣還有點想揍他：「湯城這幾年太安靜了，一下子蹦出來找你敘舊我還有點不適應，行，我回頭查查，你就老老實實在家裡待著，別天天在外面折騰跟我搶活幹了，他還打了電話給你？」

陳安淡聲：「他既然敢打，就說明這通電話找不著他。」

「那還真是讓人怪害怕的，」林賀然嘲諷他，「要不要我找兩個人隨身保護你？小陳、嬌嬌？」

「嗯，」陳安看了他一眼，半點情緒波動都沒有，平靜說，「有個人，你幫我看著點。」

陳妄從警局出來的時候下午三點，林賀然叫了漢堡，兩個男人蹲在像破爛市場一樣的辦公室邊聊邊啃，啃完陳妄把漢堡包裝紙隨手一扔丟進垃圾桶，站起來：「走了。」

林賀然把自己那個吃完的也團成一團朝他扔過去：「陳妄你要點臉吧，兩個破漢堡的便宜你也占，說好的ＡＡ呢！倒是給錢啊！」

出了警局門，陳妄招了計程車，到《SINGO》總部。

他下了車，沒馬上進去，人在門口站了一下。

最開始陳妄根本不覺得她會對他動什麼心思。

等到意識到的時候已經出了事，這女孩偏偏跟打了雞血似的在他眼前跳，被他凶得眼眶通紅哭得稀哩嘩啦的，卻再不像之前那樣轉頭就走了。

如果沒牽扯上她，他不會告訴她。

沒有今天湯城的那通電話，他和孟嬰寧昨天晚上應該就是結局，不再接近，不再和他牽扯上關係，趁著一切都還沒開始，趁著她應該也還沒多喜歡他。

但現在既然已經這樣了。

拋開其他的事情不提，陳妄沒辦法明知道她處於什麼樣的情況和危險中卻不提醒她，她應該有自己的判斷，也有瞭解現在自身處境的權利。

這時下午四點半，孟嬰寧五點下班，陳妄走到一樓休息區，人陷在柔軟的沙發裡，沉沉垂著眼等。

五點十五分。

大廳裡傳出說話聲，高跟鞋踏上大理石地面的聲音清脆，陸陸續續有人從電梯間裡出來。

等了大概五分鐘，陳妄看見孟嬰寧。

她一邊往門口走，一邊跟別人說話，杏眼明澈，唇邊彎起很自然的弧度，天生帶笑似的。表情很乖，老老實實的樣子，眼睛卻咕嚕嚕地轉。

她身邊，男人一身西裝筆挺，略垂著眼側頭聽她說，眉眼溫潤，笑容柔和。

是之前在津山溫泉酒店遇到的那個男人。

陳妄看著他們慢慢走過來，孟嬰寧側著臉說話，不經意抬眸，看見他。

陳妄靠在沙發裡，直直看著她。

孟嬰寧的視線猝不及防對上他的。

然後略過。

孟嬰寧眼神輕飄飄地掃過去，像什麼都沒看見似的，目光回轉，重新看回身邊的男人，說了些什麼。

女孩輕快微揚的尾音融化在空氣中，然後被旋轉的玻璃門隔絕。

戛然而止。

孟嬰寧出了公司門停住腳步，站在門口有些恍神。

「那我先走了，剛剛跟妳說的事情別忘了，明天攝影棚妳給我自己去盯，出了問題知道自己的歸宿在哪嗎？」郁和安抬手看了一眼時間說。

「啊，」孟嬰寧恍惚回神，試探道，「一樓女廁所馬桶間？」

郁和安溫柔一笑：「到時候整棟樓的女廁所的馬桶都是妳的了。」

「……」

「好的，主編再見。」孟嬰寧乖巧地說，恨不得給他鞠一個九十度的躬。

郁和安沒說什麼，回頭看了身後的旋轉門一眼，揚眉調侃：「不跟妳的不認識打聲招呼？」

「不認識還打什麼招呼，」孟嬰寧抿了抿唇，垂下眼，聲音也跟著低了低，無精打采地說，「主編路上小心。」

郁和安走了。

孟嬰寧抬手，摸了摸眼皮，軟軟的。

她今天早上起來的時候眼睛腫得都快睜不開了，從冰箱裡拿了兩盒霜淇淋敷了好久，又拿白煮蛋滾，最後畫了個眼妝才勉強看不太出來了，不知道剛剛陳妄看見她的時候眼睛是不是腫的。

雖然失戀了，被拒絕得好慘，但是她還是想看起來有志氣一點，灑脫一些。

可別起來哭哭啼啼像是傷心欲絕戀戀不捨似的，那樣子多難看。

孟嬰寧不去想他來這裡是幹什麼的，就像中午的那通電話。

她昨天一頭撞在南牆上，撞了個頭破血流結結實實，撞得五臟六腑跟著震著疼。

在他說了那些話後，就連看見他都讓人難堪得想要落荒而逃。

自作多情的事情再也不敢想了。

她深吸口氣，晃了晃腦袋，往街口走。

走到一半，陸之桓的電話打過來：『狐狸！我到了！下班了沒！』

「已經出來了，你在街口等我。」

陸之桓平時看起來缺心眼，做朋友還是相當細緻可靠沒得說，昨天電話打過來察覺到她不對，半個小時後人已經到她家樓下了。

一進門看見孟嬰寧腫得跟核桃似的眼睛嚇了一跳，當即炸毛。

不過孟嬰寧不說，他也沒刨根問底問下去，只說明天等她下班帶她出去玩。

孟嬰寧也不想一個人待著。

她想起之前答應陳妄，在他傷好前這段時間要每天去他家裡幫他換藥，一時間又想提醒他要記得。

想法剛飄過去，又被她拽了回來，孟嬰寧使勁咬一下自己的舌尖，提醒自己心裡有點數。

太長久的喜歡，想要一朝一夕澈底拋棄掉是很難的事情。

還是之前的那家酒吧，二樓盡頭倒數第二個包廂，孟嬰寧和陸之桓到的時候裡面已經有不少人了。

有幾個熟面孔，還有一個是上次那位聊得挺開心的粉襯衫，叫易什麼的，孟嬰寧忘了。

一看見她進來，粉襯衫眼睛亮了亮，跟她打招呼。

酒過三巡，孟嬰寧也來了興致，不至於醉，卻明顯感覺到腦神經活躍起來，比平還時要興奮一些。

都說酒是好東西，孟嬰寧這時覺得真的挺有道理的，至少那些難過的，不堪的情緒被酒精刺激著，然後短暫的麻痹了。

像是有人遞過來一把鑰匙，擰開了鎖，那些忍耐著裝作若無其事被藏在深處的東西全都一股腦地從牢籠裡逃脫了，叫囂著往腦海裡鑽。

不想思考，也不想壓抑。

她單手撐著桌邊站起來，傾身過去拿放在那頭的伏特加瓶子，拿回來以後發現已經空了。

她皺著眉轉過頭來，不滿地嚷嚷：「陸之桓！我要酒！」

陸之桓拍桌：「要！要他媽的！」

服務生拿著酒推門進來，孟嬰寧從沙發上站起來跑到門口，開開心心地接過來。

她回到沙發那邊坐下，看著粉襯衫把酒倒滿。

他拿了兩個杯子，一個大一個小，兩個裡面裝了不同的酒，伏特加倒進炸彈杯，男人手指捏著杯口，懸在大一圈的那杯啤酒上方，鬆了手。

啪嗒一聲響被周圍轟隆隆的背景音掩蓋，酒液混合在一起，然後沿著杯口溢出來，嘩啦啦淌在桌面上。

孟嬰寧單手撐著腦袋，歪著頭，迷蒙著眼好奇地問：「這是什麼？」

「深水炸彈，」粉襯衫側頭，把酒杯往她面前推了推，「嚐嚐味道？」

孟嬰寧來了興致，接過來喝了兩口。

冰涼酒液在口腔裡蔓延，滑過喉管，刺激得舌尖發麻，腦袋都有點熱。

她又喝了兩口，被陸之桓攔了攔：「狐狸，這個嚐嚐味道就行了。」

孟嬰寧被攔住了，抬起頭來慢吞吞地看了他一眼，不鬆手：「我要喝這個。」

陸之桓嘆了口氣，把酒杯遞給她：「好，喝，我陪妳喝。」

「我不要你陪我，男人都是王八蛋，我要年年，」孟嬰寧不開心地說，「我要年年陪我。」

「我他媽哪敢叫她，她看見妳這樣不得殺了我，」陸之桓無奈地說，「我管不了妳，我讓陳妄哥來了。」

孟嬰寧咬著玻璃杯杯緣，那上面有一層砂糖，甜甜的。

「我不要他，」她掃他一眼，眼神很無情：「你很該死。」

「……」

陸之桓原本的想法挺簡單的，心情不好，出來喝一頓就好了，人生在世有什麼是一頓酒過不去的，如果有那就兩頓。

但是從剛剛開始，他覺得孟嬰寧的狀態看起來有點不太對勁。

女孩咕咚咕咚把手裡一杯酒全喝了，動作豪邁得讓陸之桓膽顫心驚，她剛剛已經喝了不少，這時眼角發紅，抿著唇看了他一下子，然後重新靠回到沙發裡。

耳邊音樂聲和骰子聲混到一起，有人在唱很吵的歌，震得太陽穴一跳一跳的疼。

她晚上沒吃東西，酒精燒得胃特別熱，包廂裡空調開得強，手臂又有些冷。

孟嬰寧站起身來，推門出去，沿著走廊熟門熟路摸到洗手檯，打開水龍頭洗了把臉。

冰涼的水澆上來，熱度降了不少，孟嬰寧單手撐著池邊，另一隻手掌心捧著水，一下一下往眼睛上拍。

水流冰涼，進眼睛裡的感覺很澀，冷冷的。

然後有另一股溫熱的液體順著眼角溢出來，她吸了吸鼻子，不斷不斷地捧起水來沖洗。

她想把它洗掉，卻怎麼也洗不掉。

煩，真的很煩。

孟嬰寧緩慢地垂下手去，蹲下身，人滑下去，額頭抵著冰涼的理石池邊，水珠滾下來，順著下巴往下滴。

身體裡面熱，皮膚又覺得冷。

她蹲在牆角，忽冷忽熱的矛盾感覺讓她不斷地打著哆嗦，腦子轉得很慢，眼皮有點沉。

混沌間有人叫她，聲音沉沉的，幾乎淡在空氣裡，遠遠地傳過來。

孟嬰寧抬起頭來，坐在地上仰著腦袋，看了三秒。

「我做夢了，」她看著他，肯定地說，「不然我為什麼會看見陳妄那個王八蛋。」

陳妄居高臨下地看著她：「起來。」

孟嬰寧低聲嘟噥：「走開。」

陳妄在她面前蹲下。

她在哭，不知道哭了多久，眼睛全是紅的，淚珠順著眼角往下滾，裙子膝蓋那裡的布料全都濕了，身上全是濃烈的酒氣，人在抖。

就這麼醉著坐在走廊洗手檯前，被路過的什麼亂七八糟的人弄走了她可能都不知道發生了什麼事。

陳妄壓著火氣，早晚要揍陸之桓一頓，叫人出來又看不住。

他低聲跟她商量：「先站起來，自己能站嗎？」

孟嬰寧看著他，跟沒聽見似的，眼裡像蒙了層霧，目光沒聚焦，臉上也沒什麼表情，只是眼淚機械地，不停地往下掉。

陳妄抿著唇，抬手，指尖抹掉她眼底的淚：「不哭了。」

孟嬰寧怔怔看了他幾秒，然後整個人被他這句話瞬間點燃喚醒。

「憑什麼，你憑什麼管我，」她聲音哭得沙啞，含含糊糊地咬字，開始發脾氣，「我都不能管你，不能問你，不能喜歡你，也不能哭。」

她哭得有點凶，發洩似的重複：「我什麼都不能幹，我都已經失戀了，我被甩了，我現在連哭都不能哭……」

走廊安靜空曠，水龍頭沒關，水嘩啦啦地流著。

她的聲音低下來，藏在水流聲裡：「你還那樣說我……」

孟嬰寧不知道該怎麼形容那種心情。

她認真又忐忑地，滿心期待地，緊張地把自己的心意這樣告訴了心上人。

是她在意了很多年的人，少女時代是祕密，長大以後是喜歡。

他前一天才抱過她，懷抱有很溫柔的溫暖力道。

那時候孟嬰寧一廂情願地以為，他其實也不是完全對她不感興趣的。

他卻覺得她不自愛。

他大概是覺得她的感情隨便又廉價。

是真的很傷心。

傷心到孟嬰寧覺得自己永遠永遠都不會再對任何人說出這樣的話了。

她通紅的眼看著他，眼神裡有濃濃的悲傷和委屈：「你怎麼能那樣說我，我沒有想跟你玩什麼、什麼遊戲，我沒有不自愛……」

陳妄始終沒說話，直到她說到最後這句，他的手指動作一頓，低眸，喉尖滾了滾。

「我沒有，」孟嬰寧閉上眼睛，很難過地哭，她抽噎著，斷斷續續語無倫次地說，「我只是……因為是你才這樣的，我不是隨便的女人，沒有亂搞，也沒有……」

她的話沒有說完。

下巴驀地被捏住，抬起。緊跟著溫熱的手指滑過柔軟耳廓，扶在她耳後。

孟嬰寧只來得及睜開眼。

陳妄脖頸一低，吻上她的唇。

# 第十四章　喜歡

哽咽著的胡言亂語瞬間消音。

孟嬰寧安靜了，沒說完的話全部都被嚴嚴實實地堵在了唇齒間。

陳妄的手指扶在她耳後，親了親她的唇，然指尖探進髮絲裡輕緩地摩擦，另一隻手攔腰直接把她抱進懷裡站起來，抵在牆上。

他低頭垂眸，托著她的臉往上抬了抬，小心翼翼地碰了碰她的唇，分開，又碰了碰。

陳妄壓抑著想要深入這個吻的欲望，抬起頭，嗓音沙啞，嘆息似的：「早就想這麼幹了。」

不想放開。

滋味太好，讓人捨不得就這麼淺嘗輒止。

女孩的唇柔軟滾燙，帶著很濃郁的酒氣，她完全呆住了，眼淚含在眼睛裡，呆呆地看著他，嫣紅的唇瓣微張著，隱約看得見藏在裡面的小小舌尖，像是無聲的邀請。

陳妄眸光暗了暗，克制地拉開一點距離：「妳這小腦袋裡每天都在想什麼？」

孟嬰寧唇瓣輕動，沒發出聲音。

陳妄：「嗯？」

孟嬰寧的腦子還傻著，有些恍惚看著他，歪了一下頭，問：「你剛才親我了嗎？」

水龍頭嘩啦啦有些吵，陳妄隨手關了：「嗯。」

他這邊話音剛落，孟嬰寧沒猶豫，抬手直接給了他一巴掌。

她喝太多酒，其實渾身都軟綿綿的，根本使不上什麼力氣，但是勝在聲勢浩大，而且毫無預兆，這一巴掌甩上去，「啪」一聲脆響，陳妄的頭還是很輕微地偏了一下。

「……」陳妄有點茫然。

陳妄側過頭。

孟嬰寧被他抱在懷裡，紅著眼睛罵他：「王八蛋。」

「這是我的初吻，是初吻，」孟嬰寧肝腸寸斷地說，「我以前！連狗都沒親過！」

陳妄：「……」

孟嬰寧說話的時候舌頭發直，人還抽咽著，身子軟綿綿地往下沉，又開始哭了：「連我家的狗都沒親過我！」她絕望地重複了一遍，說完又瞪他，「誰讓你親我的！」

陳妄空出手來，拇指指尖蹭一下發麻的唇角，抱著她往上顛了顛：「不想我親？」

孟嬰寧思考了一下，然後老老實實地說：「想。」

「想親，」她說著抬起手臂，主動勾著他脖子，人貼上來，小腦袋也跟著湊上去，眨著眼看著他，乖巧地說：「那你再親親我。」

聲音軟軟的。

睫毛上還掛著淚，吐息間酒氣噴灑在他唇角。

陳妄啞聲問：「再親還打嗎？」

「肯定要打的。」孟嬰寧很認真地看著他，毫不猶豫地說。

陳安：「……」

孟嬰寧條理清晰，思維縝密：「你之前還說不要我的，現在又親我，這不是流氓嗎，你幹了這麼不要臉的事，我怎麼能不打你？」

陳安聽著她那句「你之前還說不要我的」，身體裡的某處像被硬生生地撕扯了一下。

他淡淡牽了下唇角：「嗯，妳說得對。」

孟嬰寧依依不饒，濕漉漉的眼眨呀眨，執著地看著他問：「那你為什麼親我？」

陳安垂眸，看著她：「忍不住。」

因為實在太心疼了。

她說的那些話，那些帶著哭腔的卑微到讓人聽不下去的每句話，每個字都像刀刻似的。身體裡的肋骨隨著她的話在一寸寸收緊，然後勒住心臟。

那一瞬間，他切實地感受到孟嬰寧受到的傷害。

而這樣的傷害，是因為他。

是他造成的。

他以為這樣的做法是對她最好的，即使兩人從此再不會有任何交集，他也只是想讓她平平安安地長大，變老，百歲無憂。

但卻讓她那麼難過。

陳妄嘆了口氣，然後抬指，刮掉她眼角還掛著的淚珠：「要不要回家？」

孟嬰寧趴上他的肩膀，人懶洋洋的，她哭得累了，腦子又沉，因為酒精的作用指尖和嘴唇都發麻，鼻息噴灑在他側頸，有點燙。

她點了點頭：「我想睡覺。」

陳妄抱著她往外走：「那回家。」

他折回包廂拿了包和外套，下樓。

酒吧門口停著輛白色轎車，駕駛座車窗降下來，林賀然坐在裡面擺弄著打火機。

看見他懷裡抱著個女孩出來，林賀然眉一揚：「呵，您去撿豔遇了？」

陳妄把孟嬰寧放進後座，人跟著上去，沒理他。

林賀然頭湊過來，吊兒郎當道：「就是她啊？你死活要調我十萬天兵天將來給她當保鏢的那個？」

「行啊陳隊，幾年不見老婆都有了，」林賀然笑了笑，「這妹子是怎麼眼瞎看上你的？我都沒辦法想像和你談戀愛得是多無聊的事，毫無情趣。」

陳妄沒理他，傾身過去抬手把後座兩邊車門鎖了。

孟嬰寧縮在旁邊，眉皺著，不太舒服的樣子。

陳妄低問：「怎麼了？」

「難受。」孟嬰寧含含糊糊地說，她開始噁心了。

陳妄：「想吐嗎？」

孟嬰寧搖了搖頭，也說不出來是哪裡難受，又覺得渾身哪裡都難受。

她閉著眼，眼角又滲出淚來，安安靜靜地哭著，小聲說：「我難受，手疼，手指疼。」

陳妄皺了皺眉。

之前喝醉，她也是這麼說。

陳妄低垂下頭，問她：「為什麼手疼？」

孟嬰寧閉著眼睛吸了吸鼻子，搖了搖頭，不說話。

陳妄抿唇，將她抱過來，哄小孩似的捋著她的背，又拉過她的手：「那睡一下，起來就好了。」

林賀然忍不住從後視鏡看過去一眼，看見陳妄垂眸，一邊拍著懷裡女孩的背，食指和拇指捏著她的手指一下一下地揉，說不出的耐心。

那個陳妄……

嚇得林賀然打了個哆嗦。

「我靠，」林賀然忍不住低聲爆了個粗口，恍惚道，「真的見鬼了，你是陳妄啊？別是被陸之州魂穿了吧。」

陳妄抬頭。

林賀然從後視鏡看著他：「真的是你老婆？」

陳妄沉默一下，說：「不是。」

「那就是喜歡唄，」林賀然點點頭，懂了，「你還跟我要什麼人幫你看著，直接把人綁在身邊自己護著不是比誰都強嗎。」

陳妄側頭看著窗外，孟嬰寧無意識難受地哼唧了一聲，他抬手，摸了摸她的頭髮。

林賀然繼續幫他出餿主意：「你看，你就把這個當做理由，然後把人往家裡面一塞，金屋藏嬌，既能近水樓臺高效率追人，又能護著她，不是挺好嗎？」

林賀然說的正興起，一時間嘴巴上也沒有底線，「到時候晚上睡覺的時候，也不能一個人一間房，自己一個房間睡多危險吶，說不定哪天半夜湯城一時興起就從窗戶外頭跳進來了。」

「……」

陳妄也不知道自己是不是腦子裡進水了，一時間竟然還覺得有點心動。

陳妄轉過頭，從後視鏡裡看了林賀然一眼：「舌頭不想要了可以直說。」

林賀然：「……」

孟嬰寧是被手機的鬧鐘吵醒的，工作日每天早上準時七點半響起，隔三分鐘一個，她一共設了四個，響到七點四十五。

她睜開眼睛的時候茫然半晌，慢吞吞回神，隱約回憶一下昨天晚上都發生了什麼。

基本上都還記得，只是到後面，有點模糊。

躺著的是床，身上蓋著被子，身邊沒人。

並沒有什麼標準的酒後亂性一夜情場景出現。

孟嬰寧單手撐著床面，坐起身來，就這麼直勾勾地盯著牆面做了幾分鐘，然後低垂下頭，單手捂住臉。

內心崩潰咆哮，腦子裡「什麼情況啊」、「這是真實發生過的嗎」、「是做夢的吧」、「真的是真實發生過的嗎」諸如此類的字幕瘋狂掠過，孟嬰寧垂手，一臉呆滯地也不知道是在自我安慰還是自我催眠：「我已經饑渴到做春夢了？」

只是這個春夢未免也太純情了。

就那麼……碰了碰？

孟嬰寧夢遊似的掀開被子下床，身上穿著的還是昨天的那件裙子，頭髮上和身上全是未散的酒味混著菸味，嗓子乾疼，她光著腳走到臥室門口，開門。

客廳裡安安靜靜的，紗窗拉著，春夢對象此時正坐在正對著臥室門的客廳沙發上，長腿前伸，黑眸沉沉，淡淡地看著她，一動也不動。

穿的也還是春夢裡的那件衣服。

孟嬰寧和他對視了三秒，然後後退兩步，淡定地關上臥室門。

手指在抖。

腿也發軟。

所以是親了。

孟嬰寧背靠著門板，迷迷糊糊地回憶一下當時的感覺。

手指應該是燙的，觸摸到皮膚卻感覺冰涼。

唇瓣意料之外的很軟，跟他整個人給人的冷硬感完全不一樣。

很溫柔。

像他的懷抱。

孟嬰寧靠著門坐在地上，有些茫然。

她覺得這事太魔幻了，超出理解範圍。

他前一天才拒絕了她，明明不喜歡，卻又親了她。

她已經差不多想要放棄了，想著初戀總是苦澀的，每個人都要經歷的，沒有失戀的人生不是完整的人生，要不然就算了。

孟嬰寧慢吞吞地從地上爬起來，摸到床邊拿過手機，又蹭回到門口，傳訊息給林靜年：『年總。』

林靜年：『曰。』

孟嬰寧抿著唇，慢吞吞地打字：『其實我之前，跟那個人，就，算是說了一下我對他的那個非分之想。』

林靜年：『嗯，然後呢？』

孟嬰寧咬一下嘴唇，不太開心地：『然後他拒絕我了。』

林靜年：『……』

林靜年：『？』

孟嬰寧繼續：『但是他第二天又親了我，親了我一下。』

孟嬰寧：『不對，不是一下，好像兩、三下。』

林靜年：『……？？？』

林靜年：『他拒絕妳了，然後又親妳。他他媽以為自己是湯姆．克魯斯還是馬龍．白蘭度嗎？帥到慘絕人寰有這麼大魅力呢？這不就是個典型大渣男嗎！妳還糾結這個幹什麼，搧他一頓就完事了。』

「……」哦，好像已經掮過了。

林靜年看起來挺暴怒的：『掮他都不解氣，這狗男人叫什麼名字，妳把他約出來，妳馬上打電話給他，老娘要殺了他。』

「……」這個要求讓孟嬰寧實在是有點為難了。

她正思考著該怎麼說的時候，臥室門忽然被敲了一下，陳妄的聲音隔著門板傳過來：「孟嬰寧，我們談談。」

孟嬰寧下意識屏了屏呼吸，沒說話。

陳妄很有耐心地敲門，邊敲邊平靜說：「躲什麼，出來。」

孟嬰寧不出聲，緊張地乾咽一下嗓子，垂頭打字尋求場外救援：『他現在站在臥室門口敲我的門，他說讓我出來談談，我怎麼說？我要出去嗎？』

林靜年那邊沒有秒回。

等了十幾秒，她傳了一則語音過來。

孟嬰寧指尖按著點開了，然後把手機湊到耳邊。

她本來以為她的手機開的是聽筒模式。

但是下一秒，女人難以置信的尖叫聲在整個房間裡清晰地響起，林靜年氣得嗓門高到破音了：『孟嬰寧！現在早上七點半！他這個時間為什麼會站在妳的臥室門口？親親就算了，妳還跟他上床了？』

敲門聲戛然而止，門外一片死寂。

「……」孟嬰寧舉著手機，面無表情，生無可戀。

訊息提示音嘀哩嘀哩的響，林靜年又連著傳了好幾則語音過來，都是好長一段話。

孟嬰寧不敢再點開聽，手忙腳亂地改成聽筒模式，不等點開，手機經過一整晚的折磨電量告罄，響了兩聲以後不堪重負，非常巧合的黑了。

「……」

孟嬰寧連昨天晚上自己是怎麼回來的都記不清楚了，當然不可能充電，就這麼看著它時機恰到好處的關機，留下她一個人孤獨的面對此時這個一言難盡的局面。

孟嬰寧把關機的手機放在地上，坐著不動，整個人陷入難以言喻的尷尬之中。

甚至還有點似曾相識。

孟嬰寧覺得林靜年和陳妄一定是上輩子結下過什麼梁子，可能還是血海深仇，直接延續到這輩子來了。

但是為什麼倒楣的是她。

她嘆了口氣，從地上爬起來，走到床頭扯過充電線幫手機充上電，然後慢吞吞地挪到浴室洗了個澡，洗掉滿身菸酒混合著的味道。

出來看了牆上的掛鐘一眼，八點整。

她今天還要上班，要去攝影棚盯著拍攝，一大早要準時過去，如果人不在，郁和安真的會讓她去掃廁所。

拖不下去了。

而且很餓，從昨天晚上空到現在的肚子一直在咕嚕嚕地叫。

換好衣服，孟嬰寧愁眉苦臉地站在臥室門口，然後深吸一口氣。

逃避可恥也沒用。

真正的勇士敢於直面表白被甩跟閨密告狀被抓包懷疑兩人有什麼不可告人的肉體關係，還被當事人聽見了的青梅竹馬。

……這也太窒息了。

孟嬰寧又想哭了。

她替自己做了一番思想工作，又調整一下面部表情，儘量讓自己看起來冷漠又無所謂的樣子，然後打開了臥室門。

只露出一顆小腦袋鬼鬼祟祟地往外看了一眼，眼珠子轉了一圈。

陳妄沒站在臥室門口了，也不在沙發上。

可能是沒耐心等她，然後走了。

孟嬰寧長長地鬆了口氣。

她拉開臥室門往廚房走，準備抓兩片吐司隨便吃點東西去上班，還沒邁進廚房，就看見流理檯前站著一個人。

她的春夢對象正在背對著她熬粥。

旁邊桌子上的麵包機砰地一聲，彈出兩片吐司。

陳妄把粥舀進碗裡，又把吐司夾出來，最後從冰箱裡拿出一瓶辣椒醬，放在餐桌上，看了她一眼：「捨得出來了？」

孟嬰寧有點僵硬地站在原地：「唔……」

陳妄神色如常：「幾點上班？」

「九點半。」孟嬰寧老老實實地說。

陳妄把粥和吐司以及辣椒醬都放在桌子上：「嗯，先吃飯。」

孟嬰寧也不知道這是哪門子的吃法，辣椒醬配吐司是什麼意思，當果醬抹上去嗎？

孟嬰寧有些呆滯：「你還會煮粥？」

「粥，」陳妄教她，「先把米洗乾淨放鍋裡，加清水，開火，米煮爛，出鍋。」

陳妄看了她一眼：「會了嗎？」

「……」

孟嬰寧有點想翻白眼，不說話，坐在餐桌前捏起湯勺安安靜靜喝粥。

陳妄在她對面坐下。

兩個人都沒說話，各自吃各自的，氣氛很微妙。

孟嬰寧一邊喝粥，一邊悄無聲息地抬了抬眼，偷偷看他。

前天的事，昨晚的事，剛剛的事，陳妄都沒提，神情平靜的樣子。

孟嬰寧鬆了口氣。

雖然她現在只希望他能一秒鐘在眼前消失，但是他沒提，事情不擺在明面上說出來，那種尷尬的感覺好像就能自欺欺人的稍微少一點。

緊接著又開始不爽。

什麼意思？這人什麼意思！

做了那種事情以後他打算裝傻嗎？一個解釋都沒有的話你至少先道個歉，吃完豆腐占完便宜以後就這麼若無其事是不是也太渣了點？

親的還是你剛拒絕的告白對象！

林靜年說的沒錯，這人果然是個渣男。

孟嬰寧心裡莫名憋出好大的火，想發，硬生生忍住了。

她心裡默默算著時間等著他，直到喝了小半碗粥下肚，陳妄依然一句話都沒說。

孟嬰寧吐出一口氣，然後慢吞吞地把湯勺放下，站起身：「我吃好了。」

陳妄看了一眼時間：「上班？」

孟嬰寧沒理他，直接起身，進房間拿了手機和行動電源，又出來，手臂上掛著件外套，走到玄關，垂頭穿上鞋子。

陳妄跟著走到玄關門口，靠著鞋櫃看著她。

孟嬰寧像沒看見似的，踩上高跟鞋，原地輕輕跺了下腳，又從旁邊拿起包。

陳妄忽然開口：「我送妳。」

孟嬰寧頓了頓，側頭問：「你的車修好了？」

陳妄頓了頓：「借了一輛。」

「哦，」孟嬰寧視線移開，開門，語氣平淡，「不要你送。」

她抓起鞋櫃上的鑰匙抬腿出門，手腕被人從後面拉住。

孟嬰寧腳步一頓，面無表情地回過頭。

孟嬰寧猜自己現在的表情一定很帥。

心裡甚至還有點爽，她沒想到有一天自己終於也能在陳妄面前高傲一次。

她沒掙扎，抿唇：「鬆手。」

陳妄安靜地看著她，背著客廳窗，逆光，眉眼輪廓看起來深邃，聲音低沉，有些無奈：「有話跟妳說。」

孟嬰寧一頓，而後笑了：「你有話跟我說我就要聽？」

陳妄沒說話。

孟嬰寧壓著嗓子繼續說：「我以前有話跟你說的時候我看你也不怎麼想聽，我現在沒話了，也不關心你想說什麼，更不想一直像個寵物似的被主人招來喝去的。」

實在憋太久了，真的太氣太委屈了。

孟嬰寧覺得自己就像一個由著他拿捏擺佈的人偶，他對她不好她就傷心，他對她好一點她又高興，那種所有的情緒和感情都完全被人牽著的感覺讓人渾身上下全是無力，讓人覺得自己的感情卑微到塵埃裡。

孟嬰寧眼睛發酸，心裡一股酸水又開始不受控制地往外冒。

她把那種感覺硬生生壓下去了，深吸口氣，略微側了下頭看著他，表情平靜：「陳妄，你當我是什麼了？」

「你今天想甩就甩了，明天想親再親親，心情好了第二天還能若無其事做個早餐當施捨是吧？」

「你讓我走我就得走，你讓我回來聊聊我就要聽著。你真當我喜歡你喜歡到能任由你這麼搓扁揉圓的是吧？」

她說完以後特別靜。

陳安嗓音暗啞：「對不起。」

孟嬰寧愣了一瞬間，然後眼睛一下子就紅了。

她飛快垂下頭，沒讓他看見，她今天的人設是很酷的，是失戀以後瀟灑脫告別曾經，才剛把人罵了一頓的人設，現在就因為他一句對不起，怎麼能隨隨便便崩。

「沒什麼好對不起的，」她低垂著眼說，「不喜歡我又不是你的錯。」

「不是這個。」陳妟說。

孟嬰寧怔怔抬起頭來。

陳妟聲音有些艱澀：「跟妳說了那些話，對不起。」

那時候沒想過她對他有多深的喜歡。

兩人十年沒見，他又以為她以前喜歡的人是陸之州，而他回來也沒多久的時間。

就算她對他的感情是那時候開始，到現在也不過幾個月。

陳妟繼續說：「但有些事情要跟妳說。」

孟嬰寧背靠著防盜門門板，沒說話。

陳妟跟她講了個故事。

其實是很俗套的故事，無非就是他還沒退伍的時候抓了個壞人，那壞人死了，但他有個感情很好的弟弟，跑掉了。

弟弟消失了幾年，打怪升級換裝備，然後回來找他報仇。

他說得簡單，只說了個大概，語氣聽起來沒太大起伏，確實就跟講故事似的，大多數地方也是省略過去的。

孟嬰寧全程沒說話，也沒追問他，她知道他沒有全部告訴她。

比如說如果只是這樣而已，他為什麼日子過得渾渾噩噩，對自己的身體和健康看起來完全不在乎。

比如說如果只是這樣而已，他根本沒有理由就這麼退伍。

他說完，過了好一陣子，孟嬰寧才安靜開口：「所以，你現在選擇把這個告訴我，是因為我被盯上了。」

陳妄靜了幾秒，「嗯」了一聲。

她向來聰明，他只需要稍微跟她說一些，剩下的她自己就能猜到。

孟嬰寧努力消化一下他說的話，又問：「那，他為什麼會盯上我？」她覺得自己被盯得有點無辜，「他是以為你喜歡我嗎？以為我是你女朋友？」

陳妄深深看了她半晌，才緩聲開口：「不是以為。」

「……」孟嬰寧還沒反應過來他這句話是什麼意思。

陳妄有些好笑地看著她，覺得她的關注點很有意思：「不怕嗎？」

孟嬰寧搖了搖頭。

其實說不怕是假的，她從小長到大這種事聽都沒聽過，除了在電影和書裡見過，根本想都沒想過有一天會發生在自己的生活裡。

她甚至覺得沒什麼真實感，就真的好像跟聽個故事似的。

但是看著陳妄，她感覺自己一下子被人從那種不真實的感覺里拉回了現實。

孟嬰寧結合一下這個人之前種種危險的行為，做的那些讓人膽顫心驚的事，以及說起這件事的時候風輕雲淡的態度，突然覺得心裡有點慌。

指尖發麻，寒意順著腳底往上竄。

孟嬰寧咬一下嘴唇，叫了他一聲：「陳妄。」

陳妄摸出菸盒，敲了根菸出來，應聲：「嗯？」

孟嬰寧的聲音有些抖，她很艱難地問：「你是不是，根本不想活著？」

陳妄點火的動作一頓，咬著菸抬眼，看著她。

孟嬰寧也看著他，重複問道：「那人，那個回來找你那個人，你是不是本來打算就這麼……」

她說不下去了，左手拇指指甲掐進食指指腹裡，很尖銳的疼痛感稍微遣淡一點慌亂。

陳妄沉默一下，淡聲承認了：「本來有點。」

即使心裡已經有了猜測，在聽到他親口說出來的時候她還是顫了顫。

孟嬰寧狠狠咬住嘴唇，一點點血腥的鐵銹味道在口腔裡蔓延。她有些慌，直起身來往前走了兩步：「陳妄……」

她叫了他一聲，卻不知道該說什麼才好。

陳妄嘆了口氣，將嘴裡的菸摘了放到一邊，也跟著直起身往前走了兩步，走到她面前，抬手，拇指指腹輕輕蹭了蹭她死死咬著的下唇：「別咬，不疼嗎？」

他的指腹有一點粗糙的觸感。

孟嬰寧不答，拉著他的手扯下去，深吸一口氣，努力讓自己冷靜下來，重複他的話：「本來有，那就是現在沒這樣了。」

「嗯，現在沒。」

陳妄順從地垂手，低頭笑了一下，背光陰影中眼窩漆深，聲音低沉懶散，有些不正經：「現在不是知道妳特別喜歡我了嗎。」

陳妄是個特別不會說話的人，從小毒到大那種，讓他說一句好聽的不如殺了他，不然也不會一句蘋果派用了十年。

又冷又硬的吊兒郎當垃圾性格。

偏偏這人從小人緣就挺好的，一堆小孩願意跟著他，孟嬰寧把這歸結於小朋友們中二病時期都會有的受虐傾向——可能就喜歡認這一卦的當老大。

所以當他這句話說出來的時候，孟嬰寧覺得這人說話還挺氣人的。

誰他媽特別喜歡你了噢。

下一秒，她嘗試著把這句話帶入前後文，翻譯一下。

——現在知道妳其實很喜歡我，所以我想好好活著。

以及那句她沒來得及反應的「不是以為」。

這個想法竄進腦子裡的瞬間，孟嬰寧直接把自己嚇了一跳，身體往後靠了靠，緊緊貼著門板，呆滯看著他，像是隻受到驚嚇的小動物。

陳妄看著她的反應，人一頓。

唇線平直抿起，然後很淡笑了笑。

一般人在聽到這些事情的時候會怎麼想，好像遠離是理所當然的事情，誰會傻到自己往槍口上撞，會願意跟這樣的一個人牽扯上關係。

更何況她膽子那麼小，小時候看個卡通都能被裡面的壞人嚇得哭哭唧唧的。

「反應過來了？」他淡聲問。

孟嬰寧現在腦子裡還全是他剛剛那兩句話，有點恍惚，磕磕巴巴隨口應了一聲：「什……什麼？」

陳妄靠回鞋櫃邊，眸光晦澀，聲音裡有一點點不易察覺的緊繃：「妳可以自己選。」

「……」啊？選什麼？

孟嬰寧依然呆滯地看著他，忽然叫了他一聲：「陳妄。」

「嗯？」

「你喜歡我嗎？」孟嬰寧直接問。

「……」陳妄看著她。

孟嬰寧的指尖掐進指腹，緊張得手指發麻。

她自己都不知道自己為什麼會這麼直接的問出這種話來。

孟嬰寧一直知道自己其實不是那麼特別勇敢的人，她覺得自己之前已經拿出了全部的勇氣，也沒有更多孤膽再承受一次那種感覺。

可是不可能會甘心的。

因為本來就是她喜歡他的，本來就知道他不喜歡自己，這麼一想一次、兩次的拒絕似乎應該在情理之中。

誰追人能一次就成功啊。

孟嬰寧閉著眼睛，豁出去了又問了一遍：「你對我有沒有……」

「有。」陳安說。

孟嬰寧睜開眼睛。

手指鬆了鬆，包差點沒掉在地上。

她這時思緒有點飄了，仰著腦袋看著他，睜大眼，然後耳根完全無意識地紅了。

陳安安靜地和她對視，眸色很深，目光卻清清淡淡的，靜而沉。

孟嬰寧張了張嘴，又闔上。

手機插在行動電源上自動開了機，剛一開，嗡嗡的訊息震動聲音就響起，打破了沉默。

孟嬰寧猛然回神，倉皇別開眼，掩飾似的急急忙忙壓開防盜門，聲音特別小：「我上班要遲到了。」

她看起來像是落荒而逃。

陳安安靜地站在原地，看著門被她砰地一聲關上。

坐地鐵走過去時間來不及，孟嬰寧出了社區以後攔了輛計程車去公司。

到的時候壓著時間，孟嬰寧飛奔進辦公大樓，用最後一秒打了卡，上電梯，推開辦公室的門。

她夢遊似的走到座位前，機械地和幾個同事打了招呼，掛上工作證，開了電腦，然後飄下樓，往攝影棚走。

一大早接觸到的資訊量太大，讓她整個人有點混亂。

太突然了，她當時沒反應過來，完全不知道該說什麼。

冷靜下來，她把腦子裡亂成漿的東西全都梳理了一遍。

刨除那些陳妄隱瞞下來沒告訴她的，就已知的訊息來看，最開始他是因為不想牽扯到她，所以拒絕。可是沒來得及，她還是摻和進來了，而且他好像本來覺得自己隨時都會沒命。

所以才會有今天早上的談話。

孟嬰寧飛快地梳理過濾了這些，最後就只剩下一件。

陳妄其實是喜歡她的。

攝影棚裡正在做著準備工作，工作人員陸陸續續進來，孟嬰寧坐在角落塑膠椅子裡，忽然垂下頭，雙手捂住臉。

她喜歡的人，也是喜歡她的。

總覺得有點不真實。

但他親自承……承認的。

孟嬰寧捂住臉，唇角不受控制地一點一點揚起，心裡有小人手牽手跳起舞。

——不是以為。

——現在不是知道妳喜歡我了嗎。

——有。

啊啊啊啊啊！

孟嬰寧身子往後一靠，塑膠椅子跟著往後竄了一點，發出刺啦一聲，她沒聽見似的，整個人癱在椅子裡蹬腿。

眼睛順著指縫往外看，亮晶晶的，裡面有抑制不住的開心。

她一個人坐在角落裡，傻笑出聲。

攝影師和模特兒都還沒來，舞臺和燈光忙前忙後地滿棚走，孟嬰寧抽出手機，點出陳妄的訊息，還是忍不住想確認一下：『你真的也喜歡我嗎？』

特別怕自己是會錯了意。

打完，看了兩秒，又刪了。

她咬了下食指指尖，最後小心翼翼地問：『晚上你要來接我嗎？』

這個會不會看起來太快了？

孟嬰寧不知道是不是自己給自己的心理暗示下太多了，總覺得這就像男女朋友之間的日常對話一樣，自然又親密的感覺。

有點羞恥。

孟嬰寧紅著臉，伸出一根食指來，然後死死閉上眼睛，對著手機螢幕傳送的那個大致的地方啪啪啪啪啪連著戳了好幾下，然後睜開眼。

傳出去了。

幾分鐘後，陳妄回：『嗯。』

《SINGO》這次的雜誌封面請的是個外包攝影師，據說是郁和安找來的，私下和他有些交情，在某個知名平臺上有獨立專欄，小有名氣，走小眾高格調路線，社群上有幾百萬粉絲，內容也多數都是些亂七八糟不知所云的東西。

比如說——若能表達，愛也好，恨也罷，都是一件值得欣喜的快樂事。

還有比較接地氣勵志的——我輸不起，所以要把自己偽裝成不會輸的樣子。

文青巴拉。

但照片拍得沒話說，工作能力確實是很硬。

總之就是這麼一個集土味與格調於一體的神奇男子。

所以孟嬰寧在看見他腳踩 Nike 奧利奧頭戴 MLB 卻穿著一套 SAINT LAURENT 閃著亮片的七萬人民幣西裝出現在攝影棚裡時，並沒有因為他這一套時髦洋氣的搭配有多驚訝。

這位時髦的洋七萬走路帶風，抬手往身後一伸，小助理乖乖巧巧地遞了瓶礦泉水上來。

洋七萬抿了兩口，停住，然後環視一圈。

孟嬰寧很有眼力的站起來，顛顛跑過去：「莫老師是嗎，您好，我是——」

洋七萬手一抬，打斷她的話，側頭看著她：「妳是不是那個什麼？」

孟嬰寧笑著歪了歪頭：「嗯？」

「就是那個，粉絲是我零頭一半還不到的那個網紅模特兒，叫嬰寧？」洋七萬說。

「……」為什麼要強調粉絲是你零頭一半還不到。

「這次封面模特兒是妳啊？」洋七萬用挑剔的眼光上上下下打量她一圈，最後勉為其難地說，「還行吧，也能用用。」

「……」孟嬰寧臉上的笑容快掛不住了：「莫老師，我不是模特兒，我是這期主題策劃編輯，負責今天的內頁拍攝。」

男人有點詫異地挑起眉：「兼職啊？」

「啊，」孟嬰寧沒什麼表情地應了一聲，「老師您要不要進去看看，模特兒已經到了。」

洋七萬「啊」了一聲，目光還停在她身上。

孟嬰寧不知道該怎麼形容那種感覺，就像是廚師看見一塊豬肉，在絞盡腦汁地研究這塊豬肉要怎麼做能煮得更好吃。

下一秒，廚師的目光終於依依不捨地從豬肉身上移開，然後掏出手機，對豬肉說：「加個好友？有機會找妳拍個照什麼的。」

「……」為什麼如此正常的話被這人說出來有點怪怪的？

孟嬰寧一言難盡地看了他一眼，抽出手機，兩人加了好友。

「行。」廚師掃完心滿意足，拍了拍豬肉的肩膀，一邊往裡走一邊擺擺手，「有時間聯絡妳，價格方面我不會虧待妳的。」

「……」您要再這麼說話我報警了啊！

廚師不愧和郁和安認識，龜毛程度與之不相上下，一整天四個模特兒被他罵哭六次，上午三次下午三次，特別平均。

等他大爺終於滿意，下班時間都已經過了半個小時了，孟嬰寧本來想抽空傳訊息給陳妄告訴他一聲，結果手機剛掏出來，又被一嗓子嚎過去，忙起來就這麼忘了。

出了攝影棚，孟嬰寧一路飛奔到電梯間上樓，進辦公室拽起外套和包就往外跑，跑到一樓大廳，她做賊似的鬼鬼祟祟看了一圈。

不在。

孟嬰寧莫名有些緊張，又有點慌，一邊往外走一邊打了個電話給陳妄。

那邊很快接起來，孟嬰寧不等他出聲，忙問：「我剛在加班，你到了嗎？」

『嗯，』他的聲音有點啞，『在外面。』

孟嬰寧長長鬆了口氣，把手機塞進包裡，然後往外跑。

越靠近，唇邊的笑容就忍不住擴大。

緊張到整個人開始發抖，耳膜鼓著心跳聲，砰砰砰地一下一下，清晰又存在感十足。

孟嬰寧跑出辦公大樓，找了一圈，在路邊看見一輛白色的轎車。

車門邊倚靠著一個男人，身形高大，側臉的線條冷硬英俊。

她看過來的時候，他恰好轉過頭來，兩個人隔著一段距離遠遠對視。

他沉黑的眸底有什麼東西亮了起來。

孟嬰寧紅著臉咬了咬唇，朝他跑過去，快跑到他面前，她張開手臂一跳，整個人跳到他身上。

陳妄有些錯愕，迅速反應過來接住她，抱著她往上托了托。

孟嬰寧的手臂勾著他，整個人掛在他身上，從臉紅到耳根，烏溜溜的眼睛亮亮的，聲音軟軟地問：「再問你一遍，喜不喜歡我？」

羞澀又大膽。

陳妟看著她說：「喜歡。」

孟嬰寧睫毛顫了顫，指尖揪著他的襯衫領子，有點緊張，卻依然執著地盯著他：「再說一遍。」

「喜歡。」陳妟輕聲。

孟嬰寧手指鬆了鬆，她垂下頭，抿著唇偷偷地笑，唇邊笑容擴大，然後消失了。

孟嬰寧板著臉抬起頭來，挺嚴肅地叫了他一聲：「陳妟。」

她被他抱著，這時候比他高，居高臨下地垂眼看著他：「我知道你在想什麼，你覺得我膽子小，你是不是覺得你這麼說我就會被你嚇跑了？」

孟嬰寧不指望陳妟會主動對她說些什麼甜言蜜語的，不過沒關係，孟嬰寧現在想得很開。

他不會說的話就由她來說，他只要聽著，然後回答就可以了，反正他從小到大都是這副樣子，她喜歡他的時候他就是這樣。

她願意為了他，努力地變得勇敢一點。

「你想都別想，我早上沒馬上回應是因為沒反應過來，誰知道你原來也是喜歡我的，你明明之前那麼欺負我，你看起來討厭死我了。」孟嬰寧不開心地說。

陳妟抬手，揉了揉她的腦袋：「不討厭你。」

孟嬰寧滿意了一些，還是板著臉，兩隻手抬起來，捏住他的下頷骨，捧著他的臉：「還有你那些亂七八糟的事，你現在不想說，不想全告訴我我就不問，我不管你之前是為什麼不想好好的，但是現在不行，你現在有我了。」

「你是我的，你全身上下整個人都是我的了，你不能自作主張，」孟嬰寧抿著唇看著他，漆黑的眼望進他沉靜如潭的眼底，認真地說，「要活著就一起好好活著，要死一起死。」

陳妟默著看了她半晌。

孟嬰寧催他，聲音很嬌：「聽見了沒有呀，你親了我的，不能不負責。」

陳妟抱著她的手臂滑了滑，然後抬手，扶著她後腦往下按，唇瓣貼合。

他的聲音跟著氣息一起送進她嘴裡，有點燙，指尖在抖，聲音沙啞：「好。」

他咬著她的唇：「要死一起死。」

# 第十五章　這是你嫂子

男人的大手扣在她腦後咬著她的嘴唇，孟嬰寧被迫低垂著頭，吃痛嗚咽了聲，手抵住他肩頭往後掙了掙，小聲：「疼……」

陳妄放輕了些，舌尖緩慢地刮蹭過唇瓣上被他咬過的地方。

孟嬰寧整個人一顫，感覺渾身上下所有的神經末梢都集中在那一點上。

他的動作沒再深入，只輕輕咬著她的唇瓣，含住溫柔又細緻地舔舐。

纏綿又曖昧的慢動作，反而讓人渾身發軟，撓癢癢似的難受。

孟嬰寧紅著臉，睜開眼，對上他的眼睛，她看見他眼底有很壓抑的掙扎。

孟嬰寧愣了愣，人往後掙了掙，下一秒，那些情緒陡然消失不見，像是錯覺。

陳妄手微微鬆了鬆，她抬手摁著他的腦門一把推開，剛剛張揚跋扈的氣勢全沒了，唇瓣濕潤，黑眼珠濕. 漉漉地瞪了他幾秒，然後害羞地別開眼。

孟嬰寧像隻小雞崽子似的一腦袋鑽進他頸窩，小聲嚷嚷：「幹嘛呀，大街上呢！」

下班的時間，白領小精英們陸陸續續從辦公大樓裡出來，路上車流嘀嘀叭叭地響。

陳妄哼笑了一聲：「剛剛是誰一出來就往我身上竄？」

「那不一樣，我是怕你跑了，我今天之前都覺得你不喜歡我呢，我不是要先把你綁住嗎？」

孟嬰寧理直氣壯地說。

說完又嘆了口氣，叫他：「陳妄。」

陳安：「怎麼了？」

孟嬰寧抬起頭來，一本正經地告訴他：「你真的走了狗屎運了，你這輩子找不到比我更漂亮脾氣好還善解人意的女朋友。」

孟嬰寧指著他：「你，脾氣差又凶我的大魔王。」

指尖一轉，指指自己：「不計前嫌的仙女。」

「……」

陳安舔一下唇角，垂頭笑：「嗯，是。」

他突然這麼聽話這麼乖，孟嬰寧還挺不適應的。

她又要說話，陳安單手抱著她，略俯身，另一隻手打開車門。

孟嬰寧有點不自在，蹬了蹬腿：「你放我下來，我又不是自己沒腿。」

陳安沒聽見似的把她塞進副駕駛座裡。關門，繞回來，上車，啟動。

孟嬰寧坐在副駕駛座，偷偷看他，想了想又覺得現在沒什麼好偷偷的了，乾脆側過腦袋來，光明正大的看著他。

從漆深的眼窩到鼻梁，側臉的線條看起來冷硬削瘦，比電視和電影裡的男明星都好看。

孟嬰寧忽然覺得自己剛剛那句話說得有點過於自信了。

就憑這張臉，會喜歡他的漂亮女孩要多少有多少，而且這人是有前科的，被女明星惦記過呢。

現在大概還惦記著，還坐過他的副駕駛座。

想到這，孟嬰寧不是那麼的爽。

孟嬰寧清了清嗓子。

陳妄沒理她。

孟嬰寧看著他，特別刻意地咳了兩聲。

陳妄終於微微朝她這邊偏了偏頭：「嗯？」

這時交通尖峰，陳妄抄了近路，車子轉進小道，車流和人流漸稀。

孟嬰寧拖腔拖調地問：「你的車什麼時候修好啊？」

「不知道，」陳妄說，「應該要過幾天。」

這也挺久了吧。

「撞得嚴重嗎？」孟嬰寧皺了皺眉，「保險公司怎麼說的？」

陳妄漫不經心說：「還行，也沒多嚴重。」

孟嬰寧回想起他肩胛骨上那道傷口，應該沒有他說的那麼輕飄飄的。

忽然她的身子往那邊傾了傾，手臂伸出來，手指捏著他的衣領，稍微往下拉一點點。

陳妄側頭，略一揚眉：「幹什麼？」

「我看看你那個，」孟嬰寧鬆了手，指指他肩膀的地方，「你最近每天換藥了嗎？」

「換了。」陳妄說。

孟嬰寧狐疑地看了他一眼：「你是不是騙我，你自己怎麼換，你都碰不著。」

陳妄：「蔣格幫忙換的。」

「噢，」孟嬰寧重新倚靠回副駕駛座，囑咐道，「洗澡不要沾水。」

陳妄：「嗯。」

「也不要吃辣的和海鮮。」

「知道你喜歡吃辣，但是刺激性食物不好，至少等這段時間過去，過幾天就好了。」

她像個小鸚鵡一樣喋喋不休地說。

陳妄略彎了彎唇角，應聲：「好。」

孟嬰寧實在忍不住，又看了他兩眼。

太好說話了。

他之前那種對她特別凶的破爛脾氣去哪了？難道是因為說開了表白了，因為和她這樣的仙女兩情相悅而性情大變了？

認識他這麼多年始終是處於被高壓統治狀態，突然一下子她說什麼就是什麼，孟嬰寧真的不太適應。

而且，與其說是好說話，不如說有點……小心又克制的感覺。

她想起剛剛他剛剛親她時聲音裡的壓抑和顫抖的手。

孟嬰寧移開視線，沒再說什麼，甚至一時間都忘了自己本來在因為什麼事不爽了。

她不說話，他也沒說話。氣氛一時間有些微妙。

孟嬰寧不明白是為什麼，明明剛剛她該說的，想說的都已經跟他說了，但還是有哪裡不對。

好像少了什麼，大概是關係的轉變太突然，兩個人都不太適應。

孟嬰寧抿了抿唇，也不再考慮這個問題，抽出手機回訊息給林靜年。

早上暴躁的林小姐在傳了十幾則訊信給她沒回，打了好幾個電話都關機以後陷入了暴走模式，孟嬰寧回電話過去時她都快咆哮了。

孟嬰寧好一頓解釋，林靜年才接受。

這時孟嬰寧看了訊息一眼，白天忙，沒來得及回。

林靜年：『倒不是說不可以，大家都是成年人男女兩情相悅發生點什麼不是挺正常的，但是按照妳的這個說法，妳這心上人真的是相當的不可靠。』

林靜年：『妳還沒告訴我他叫什麼，我真的去揍他一頓好不好？我不提妳，就他這打一巴掌給個甜棗的套路這麼熟練肯定是個慣犯，不知道有多少女生慘遭毒手了。』

「……」孟嬰寧瞥了身邊正開著車的這位慣犯一眼，不知道為什麼莫名有點心虛。

她默默打字：『那個，年年。』

林靜年：『？』

林靜年：『妳這個小心翼翼的語氣聽起來不像是有什麼好事。』

孟嬰寧斟酌一下：『其實，我跟他在一起了。』

林靜年：『？』

她直接傳了則語音過來。

孟嬰寧確認一下確實是聽筒模式以後，手機舉到耳邊：『妳這個在一起了是我理解的那個意思？』

孟嬰寧：『就，好像是談戀愛了？』

安靜了差不多有兩、三分鐘。

林靜年才又傳了一則語音過來，語氣很嚴肅：『妳喜歡他嗎？是很認真的真的喜歡他嗎？』

孟嬰寧抿了抿唇。

喜歡的，是真的很認真的喜歡了很久的人。

她低垂下眼睫，認認真真地打了一個字：『嗯。』

林靜年嘆了口氣：『那行，妳喜歡，我就支持妳，就算妳是找了隻狗談戀愛。』

孟嬰寧：「……」

林靜年繼續說：『他要是敢對不起妳，欺負妳，讓妳哭，妳跟我說，我饒不了他。』

晚上車流量很大，路上有點塞，到家的時候天已經暗下去了，陳妄把車停在社區門口公共停車位，兩人一路從門口走到樓下。

孟嬰寧刷開一樓防盜門，陳妄跟著她進去。

等電梯的時候，孟嬰寧清了清嗓子，小聲開口問：「你晚上要跟我一起吃個晚飯嗎？」

「嗯？」陳妄垂頭，淡聲，「不了。」

孟嬰寧眨兩下眼，沒再說什麼，很安靜地「噢」了一聲。

電梯叮咚一聲，兩人上了電梯，孟嬰寧抬起頭來，看著紅色的數字一點一點往上跳，心裡慢吞吞地鑽出了一點點很細微的，小小的委屈。

她沒談過戀愛，也不知道剛確定關係的情侶應該是什麼樣的相處模式，可現在看來，跟她以為的不太一樣。

就算不是有點黏的，想一直跟對方待在一起，但陳妄的反應也有些過於克制。

他像是在壓抑著什麼情緒，導致注意力並沒有放多少在她身上。

電梯門應聲緩緩打開，兩人出了電梯，孟嬰寧垂頭翻出鑰匙開門，進去。

陳妄站在門口，看著她進屋，眸光沉沉的：「進去吧。」

他轉身要走，孟嬰寧抬起手，忽而拽住他的衣角。

陳妄腳步一頓，轉過頭來：「怎麼了？」

孟嬰寧低垂著頭，長長的睫毛刷子一樣覆蓋下來，聲音輕輕的，藏著一點點細小的委屈：「你真的喜歡我嗎？」

陳妄怔了怔。

她的嘴唇不自覺地抿了抿，小心又不安地，抓著他襯衫布料的手指不自覺地一點一點收緊。

陳妄說不出來心裡是什麼滋味，他的指尖蜷了蜷，整個人轉過來，進屋，回手關上門。

哢噠一聲響起，是防盜門被鎖上的聲音。

孟嬰寧聞聲抬起頭來。

陳妄傾身靠過來，他特別高，玄關鞋櫃和防盜門這一塊空間有點窄，兩個人並排站在這，靠得又近，孟嬰寧只覺得視線被擋了個嚴嚴實實。

她下意識抬起手來抵了他一下，人稍微往後退了一點，想要看他的臉。

男人看都沒看一眼，單手抓著她那隻手腕往上一壓，另一隻手撐著她身後的鞋櫃櫃門，砰地一聲輕響，往前抵過來，彎腰俯身，突如其來地靠近。

孟嬰寧被嚇了一跳，眼都不眨地看著他。

兩人就維持著這個有點曖昧的姿勢沉默片刻，陳妄開口：「我想了一路，怕妳真的跑了，但有些話還是要跟妳說清楚。」

他沉黑的眼緊緊著她，晦暗眸光裡有無數情緒翻湧著，語速很慢：「我不適合妳，我這個人脾氣不怎麼樣，也不溫柔，而且身後亂七八糟一堆屁事沒解決，說不一定哪天就出什麼事。」

「之前拒絕妳也不僅僅只是因為怕把妳牽扯進來，而是因為我要是真的出事了我根本不知道妳該怎麼辦。」

陸之州之前話裡的意思說孟嬰寧小時候喜歡的是他，陳妄其實聽聽也就過了，沒有真的信。

親眼看到的停留在腦海裡十年的印象不會被旁人一句話打破，而且孟嬰寧那時見著他就跑，陳妄也不覺得這是喜歡。

比起以前，他只知道她現在是喜歡他的。

足夠了。

他本想讓她及時止損。

「我不會讓妳出事，但，」陳妄閉了閉眼，再開口時聲音染上一點啞：「孟嬰寧，死沒什麼大不了，難熬的都是留給活人的，妳明不明白？」

孟嬰寧因為他的話有些愣，一時間什麼反應都沒有，也給不出回應，就這麼被他抓著按在鞋櫃櫃門上。

他像隻壓制了很久的野獸露出尖銳的牙齒，終於忍不住咆哮著撕裂禁錮，不顧一切地衝出牢籠。

陳妄後槽牙咬了咬，側臉咬肌微動，壓著嗓音緩聲說：「所以我最後跟妳說一遍，妳考慮清楚，跟我在一起就是這麼回事。妳要是想反悔，現在是唯一的機會，妳要是決定了，那這隻腳踏進來就別想著再能出去，別的男人妳想都不要想，我不會放妳走。」

陳妄直直地盯著她，一字一句說：「我要是哪天真死了，妳就給我守一輩子寡。」

如果不是因為陳妄平時看起來跟正常人沒什麼區別，孟嬰寧一定會覺得這人是神經病，或者精神分裂什麼的。

風一陣雨一陣的，有時候凶巴巴的很冷，對她不好，有時候又很小心，深黑的眸情緒晦暗，讓人總覺得彷彿在裡面看出了幾分溫柔。

克制著把她推開，又忍不住誘惑似的靠近。

理智和欲望可能在自由搏擊。

這時，他大概精神分裂症病發到最高潮，終於憋不住了，捏著她的手腕扣在鞋櫃櫃門上，力氣大得像是要折了她一樣，語氣特別凶。

孟嬰寧倒是沒被他說的話嚇著，但手腕實在疼得發麻，痛感比其他別的情緒更早地傳到大腦。

孟嬰寧的眼睛紅了。

她看著他，吸了吸鼻子，眼眶裡瞬間含了一汪淚。

從體內咆哮而出的野獸爪子按著她，露出尖銳獠牙，冷銳的牙尖眼看著下一秒就要刺破嬌嫩的皮膚似的，卻因為這點淚被拉了閘。

陳安默著看著她，手上力道鬆了鬆，還是把她抵在櫃門上，眼神壓抑而危險：「說話。」

他看起來真的挺可怕的，表情，洩露出來的略有些失控的情緒、剛剛那些話……

但孟嬰寧向來不按套路出牌。

孟嬰寧眼睛一眨，眼淚就跟水龍頭似的，唰地就從眼眶裡飆下來了。

陳安：「……」

孟嬰寧特別委屈，哭著黏黏糊糊地說：「你幹什麼凶我，我不是你女朋友嗎，我到底是不是你女朋友。你就這麼跟你女朋友說話，你是什麼禽獸，你出去看看有哪個男的會這麼凶自己女朋友！除了你還有沒有！」

「你都不追我，你還凶我，你不主動就算了，我跟你告白，結果你還讓我疼。」

「……」

「你還掐我！還壓著我！」

「……」

孟嬰寧整個人被他小雞崽子似的按在櫃門上，抽抽搭搭地邊哭邊罵他：「你這是家暴，家暴！我才剛跟你談戀愛你就打我，你還是不是人，我要告你，然後讓你上電視節目。分手！你這個王八蛋！」

「……」

哭得特別傷心，罵得真心誠意。

陳妟被她弄愣了，滿腔難以言喻的不安、焦躁、壓抑和暴戾像是被放了氣似的，跟著她開了閘的眼淚一股腦地飛了個乾淨。

陳妟沉默地抿著唇，鬆開手，緩慢地直起身來，垂眸。

「……我哪裡打妳了，」他有些無奈，聲音低低的：「這麼疼？」

孟嬰寧靠著鞋櫃哭，不理他，陳妟捏著她指尖拽過她的手，白嫩嫩的纖細手腕紅了一圈，看得他眉心一擰。

陳妟嘆了口氣，拇指指腹小心地揉了揉：「我真的沒用力。」

孟嬰寧可憐地抽了抽鼻子，也垂下眼睫看了一眼，看完更委屈了：「都紅了！」她憋著嘴，「上次你把我捏的，青了好幾天。」

陳妟「嘖」了一聲：「怎麼這麼嬌氣，碰一下就這樣。」

孟嬰寧「唰」地抽回手來，難以置信地看著他：「你說這叫碰一下？那你要用點力氣捏捏我是不是要粉碎性骨折？」

她哭得鼻尖紅紅，睫毛上還掛著淚珠，睜大眼睛一臉匪夷所思瞪著他的樣子特別可愛。

陳妟唇角略彎了彎，放開她的手，抬指刮蹭一下她下巴掛著的淚：「那可能會，我以後儘量不用力。」

他說著先進了屋。

孟嬰寧抬手，手背蹭了蹭眼睛，在他後面踢掉鞋子跟著進去。

不是真的難過的時候她的眼淚來得快收的也快，除了眼睛有點紅已經看不出來什麼了，手腕其實也沒那麼疼，她就是在他面前忍不住就想矯情一下，撒撒嬌。

這時，孟嬰寧反應過來，想起他剛剛說的話。

陳妄進廚房，倒了杯水出來，遞給她，坐進沙發裡。

女孩剛剛嚷嚷得嗓子有點啞，接過來小聲嘟噥著道了聲謝，喝了幾口，抬起頭來，歪著腦袋看著他：「陳妄。」

陳妄側過頭來。

孟嬰寧手裡捧著杯子，想著他剛剛那句守一輩子寡，眨兩下眼：「你剛剛是在跟我求婚嗎？」

陳妄：「……」

陳妄：？

孟嬰寧小聲說：「我覺得是不是有點……太快了。」

「……」陳妄的心情有些複雜。

「我知道你想說什麼，我也直接跟你說，我不答應，」孟嬰寧把喝了一半的水放在茶几上，玻璃杯底碰到茶几桌面，發出很清脆的一點聲響，「你們男人那些特別高瞻遠矚的心思我不明白，我目光短淺得很，我就知道現在你喜歡我我喜歡你，那為什麼不能在一起？才剛說好了要死一起死的，沒兩個小時你就又後悔了，你這人怎麼這樣。」

「還想讓我替你守寡，你想得還挺美的，」孟嬰寧走到他面前，單膝跪在他旁邊沙發上，一隻手撐著沙發靠墊，垂頭，居高臨下抿著唇，哀怨地看著他，「你要是真的敢這麼扔下我，我也不跟你一起死了，我就把你的照片擺在床頭擺一排，然後一個禮拜找八個男人，一天換一個，禮拜天兩個人一起伺候我，讓你在下面綠帽子天天換著戴。」

客廳裡一片死寂。

孟嬰寧說完，陳妄好半天都沒說話。

他定定看了她小半分鐘，然後垂下頭，終於忍不住笑了。

「小女孩，」他笑著靠進沙發裡，語氣豁然，嘆息似的，「妳可真是……」

他抬手，拉著她的手臂拽下來，孟嬰寧膝蓋一彎，整個人撲進他懷裡。

陳妄抱著她，手臂收得很緊，低聲說：「真的想清楚了啊？」

孟嬰寧任由他抱著，點了點頭。

陳妄手指梳著她的頭髮：「我這麼凶，還打妳，還對妳不好，也沒關係嗎？」

孟嬰寧沒說話，過了好幾秒，才慢吞吞地說：「那你不能對我好一點嗎？」

「嗯，有點難，」陳妄老老實實地說，「沒對人好過，不知道怎麼好。」

「……」聽聽這說的是人話嗎？這是什麼宇宙級別氣死人不償命的鋼鐵直男？

孟嬰寧有點想打他，抬手撐著他肩膀支起身來，剛坐起來，又被他按著背「啪嘰」一下按回去了：「亂動什麼？」

孟嬰寧又重新跌回他懷裡，男人身上硬邦邦的，這麼一下子扎進去實在算不上舒服。她掙了掙，環著她的手臂卻收得很緊，一動都動不了。

「我後悔了，」孟嬰寧沒好氣地說，「我現在就要去找八個男人，找能對我好的，分手、分手！」

「行，分手。」陳妄乾脆地說。

孟嬰寧瞬間停了，安靜一下，眼看著下一秒就要炸毛。

「我現在重新追妳，」陳妄略微側頭，在她耳邊輕聲問，「要不要跟我在一起？」

他的聲線低磁，貼在她耳畔吐息間有灼熱的溫度，孟嬰寧耳根發麻，耳廓很迅速地紅了，她無意識地縮著肩膀躲了躲，聲音帶上了點顫，弱弱地說：「那你對不對我好？」

「對妳好，」陳妄垂眸，看著她透著緋紅的耳朵，「怎麼好，妳教教我？」

孟嬰寧想了想，還是特別在意：「以後你的副駕駛座不能坐別人，那個是女朋友御座。」

陳妄笑了一聲：「嗯，行。」

「你以後不能表情那麼嚇人跟我說話，語氣還特別凶，我不喜歡，」孟嬰寧裝腔拿調地說，

「我喜歡溫柔的。」

陳妄頓了頓，聲音有點冷：「喜歡陸之州那麼溫柔的？」

孟嬰寧絲毫未覺，想像一下陳妄像陸之州那麼說話，忍不住打了個哆嗦，覺得還挺嚇人的。

「他那樣的也行吧。」她皺著眉，勉為其難地說。

陳妄冷笑一聲：「還也行吧？」

他抬手，捏著她的後頸警告似的按了按。

「妳行一個試試，」陳妄側頭，貼著她耳畔壓著嗓子輕聲說，「把妳的腿打斷。」

「……」

陳妄第二天一早接到林賀然的電話，手機鈴聲不厭其煩地一遍一遍響，陳妄煩躁得罵了聲髒話，閉著眼睛摸過來，接了，聲音沙啞：「說。」

『大哥還睡呢，』林賀然大著嗓門說，『這都幾點了，無業遊民就是好啊，過來一趟，我有點事。』

陳妄睜開眼睛，看了錶一眼，愣了愣。

他已經不記得自己有多久沒有這麼踏踏實實一個夢沒做地一覺睡到天亮了。

「你有事關我屁事。」

『我他媽車不是給你開了嗎！你別讓我罵你啊。』林賀然說。

陳妄有點不耐煩地應了一聲，掛了電話，看見有幾則訊息。

你的嬰寧：『（圖片）。』

你的嬰寧：『你看今天天氣晴朗，萬里無雲，好適合約會。』

你的嬰寧：『而我卻要去上班 qwq。』

陳妄勾唇，點開那張圖片。

女孩站在地鐵站口隨手拍了張自拍，笑得眼角彎彎，唇邊勾著個淺淺的小酒窩。

陳妄隨手儲存了，翻身下床，俯身撿起旁邊沙發上搭著的褲子套上。

四十分鐘後，白色小轎車停在警察局門口。

林賀然急得已經快要長毛了，一看見熟悉的車開過來，三步並作兩步大步流星走過去，一把拉開副駕駛座車門，坐進去：「你怎麼不明天再來，你來之前是不是還要化個妝？妄哥趕緊把車買了行嗎？你是沒錢嗎？」

陳妄側過頭，面無表情地看著他：「下車，坐後面。」

林賀然被他這表情弄得一愣，也嚴肅了：「怎麼了？」

陳妄就等著他這句話。

他指尖懶懶地敲了敲方向盤，拖著聲散漫道：「我女朋友不讓人坐我的副駕駛座。」

「這是他媽我的副駕駛座，這是我的車，」林賀然提醒他，說到一半又反應過來，「你女朋友？」

林賀然一臉「你別他媽扯淡了」的表情看著他：「就你這狗性格還能有女朋友？」

陳妄抽出手機，點一下螢幕。

解鎖背景是個女孩的自拍，陽光下笑得很明朗，唇紅齒白，大眼睛內勾外挑，又甜又媚。

「我靠，」林賀然看了一下子，說，「這是你女朋友？這女孩是不是有點眼熟？我肯定在哪見過。」

陳妄把手機往下一扣，淡道：「好看嗎？」

「好看。」林賀然真心誠意地說，根本不相信這是他的女朋友，以為是他儲存的什麼網紅美少女。

林賀然心道這個傢伙看起來清心寡欲不近女色的沒想到竟然是這樣的陳妄，還挺悶騷，偷偷存美少女圖片當手機背景圖。

他本著好東西跟好兄弟分享的原則湊過去問道：「這妹子還有別的照片嗎，再給我看看。」

「我給你看個屁，」陳妄冷笑，「好不好看跟你有個屁關係。」

林賀然：「……」

林賀然覺得陳妄這人很奇怪，一臉納悶：「不是兄弟，你就再給我看兩張怎麼了？」

他其實也不是真的有多惦記著多喜歡或者多想看，就是覺得女孩子還挺好看，單純的隨口多說了那麼一句，但是陳妄這個過激的反應讓他覺得有些迷茫：「這個不能看嗎？」

陳妄咬了根菸，含糊道：「嫂子的照片是你想看就能看的？」

「……」這他媽難道不是你主動拿出來跟我炫耀一下的？

林賀然一言難盡地看了他一下：「真的是你女朋友啊？」

陳妄：「嗯。」

林賀然笑了笑，重新靠回副駕駛座，腿往前伸了伸：「所以是因為這女孩？」

陳妄略抬眼撇過去。

「身上終於有點人氣了，」林賀然看著他說，「前幾天剛見到你的時候我以為我在跟個鬼說話呢。」

陳妄嗤笑了聲：「回頭看迎風飄揚的國旗一眼。」

林賀然回頭看了一眼警察局門口的鮮豔國旗：「怎麼？」

「對著背十遍社會主義核心價值觀，」陳妄漫不經心說，「天天把鬼掛在嘴邊對不對得起你的職業？」

「……」林賀然一噎，嘖了一聲：「你趕緊分手吧，半死不活的至少能讓你閉上嘴不說話，也不知道那女孩是不是瞎了。」

林賀然說著，抬手一指：「開車。」

陳妟下巴一揚，很堅持：「坐後面。」

「……」

「我他媽坐個屁！這是我的車！」林賀然深吸口氣，「陳妟我揍你了啊，你別以為你現在是傷員我就不敢動手。」

陳妟笑笑，發動踩油門。

二十分鐘後，車停在開發區湖口水庫上游河道。

河堤拉了線，林賀然下車走過去，走到一半有個穿警服的迎上去叫了一聲林副支隊，神情凝重低聲說著些什麼，兩人一起往前走，鑽進人群。

陳妟坐在車裡沒下去，降下車窗點了根菸，剛咬著點燃，手機訊息提示音響起。

陳妄抽出手機打開，孟嬰寧傳了一張午飯的照片給他，應該是公司餐廳，還挺豐盛。

你的嬰寧：『吃飯！』

陳妄咬著菸勾唇，剛要回覆，掃見照片角落裡坐在孟嬰寧對面那人露出來半截削瘦的手。

是個男人的手。

陳妄眼一瞇，打字：『和誰吃的？』

你的嬰寧：『和同事，還有上司。』

孟嬰寧毫無所察。

你的嬰寧：『我們新換的主編太嚇人了，經常不知道從哪裡忽然無聲無息冒出來，還要跟我們一起在餐廳吃飯，說是為了跟大家拉近距離，互相瞭解瞭解。』

你的嬰寧：『他這麼想親民，不如每週晨會上少叼幾個人。』

陳妄很快就把這個親民的主編和之前在溫泉酒店門口，以及辦公大樓大廳跟孟嬰寧一起出去那號男人連結起來。

他往座椅裡靠了靠：『晚上接妳。』

孟嬰寧傳了個開心轉圈圈的貼圖過來，又想起提醒他：『按時吃飯，少抽點菸！菸抽太多你以後會變臭的。』

「……」陳妄叼著菸，抬手摘下來，默默地看了幾秒，掐了。

他收回手機，剛好看見林賀然朝這邊走過來，走到車前撐著車窗框俯身：「你先回吧，車你開著，我等一下跟著他們回去就行。」

他神色凝重，那副調侃他有女朋友時的吊兒郎當樣子不見了，看起來還有幾分可靠。

陳妄「嗯」了一聲，隨口問：「什麼情況？」

「死人了，應該有幾天了，」林賀然說，「具體死亡時間不知道，反正泡得跟個膨大海似的，只能先等法醫過來看看。」

他說著，前面一堆人走動著散出了一點空隙，陳妄掃見地上那個膨大海露在袋子外面的半個肩膀和衣服，一件很普通的藍色 polo 衫，袖口邊緣有一圈白條。

只是一瞬間，很快就有人走過去，視線重新被擋住。

陳妄目光越過車窗前的林賀然，還停在那，忽然說：「六天。」

林賀然往前靠了靠：「嗯？」

陳妄的視線從警戒線另一頭收回來：「六天前，地上那個膨大海炸了我的車跑了，穿的就是這套衣服。」

林賀然愣了愣：「你是說……」

「不知道，猜的，也只是衣服一樣，」陳妄抬手，拍了拍林賀然的肩膀，「加油，林隊，我去接我女朋友下班。」

林賀然還沉浸在他剛剛說的那個事裡，等反應過來的時候白色轎車已經甩了他一臉廢氣了。

林賀然抬手看了手錶一眼，中午十二點。

「……」你女朋友只上半天班？

孟嬰寧今天一整天心情都挺好，昨天晚上陳妄八點多吃了晚飯走了以後沒多久她就睡了，這一覺睡到自然醒，醒來的時候天才濛濛亮，精神抖擻得甚至想下樓去晨跑。

內頁一共要拍兩天，莫大廚下午才到，進攝影棚的時候第一時間發現孟嬰寧這塊豬肉好像比昨天更新鮮了一些。

莫大廚社群上的名字叫莫北，應該不是真名，大概是一個無論是看起來還是聽起來都充滿了漫天黃沙塵土氣的，充滿了大老爺們糙漢味的藝名。

非常不符合他ＭＬＢ配亮片西裝的人設。

「心情還挺好，遇見開心事了？」莫北站在三腳架前，瞥了她一眼。

「沒有啊，」孟嬰寧笑瞇瞇地說，「看見老師您今天依然這麼英俊瀟灑帥到找不著北我就覺得心情特別好。」

男人顯然還挺吃這種一聽就是拍馬屁的馬屁的，哼哼唧唧地笑了兩聲，孟嬰寧跟他相處一天多的時間，明白他這牙疼一般的笑聲是表示愉悅。

果然，愉悅完，他說：「對了，昨天就想問妳，結果忙忘了，妳有沒有興趣拍古風寫真？」

孟嬰寧想了一下：「漢服嗎？」

「差不多，」莫北一邊調著設備一邊說，「妳這張臉其實拍什麼主題都不違和，但剛好我朋友最近搞了個什麼古風美人的比賽，我要幫他鎮個場子，模特兒還沒找到。」

莫北說著抬起頭，用他那張精緻到看起來甚至有點浪蕩的臉一本正經並且挺嚴肅地說：「妳考慮考慮，價錢不會虧待妳，我對我看上的人向來大方。」

「……」老師您就非得這麼說話嗎？

孟嬰寧這段時間本來不打算接約拍了，她想用週末休息的時間和陳妄待在一起，約約會什麼的。本來平時工作日就忙，休息日再被填滿，那這個戀愛談得有什麼意思。

而且也好久沒回家了，前幾天孟母還打來了電話。

她本來有點猶豫的，轉念又想到陳妄現在沒有工作。

是啊，她男朋友是個無業遊民。

孟嬰寧想起這事，小的時候她還真的沒怎麼關注過陳妄家庭狀況怎麼樣什麼的，她只見過陳妄他爸爸，是個不苟言笑看著很冷漠的叔叔，也很少在家。

不過這跟陳妄家境怎麼樣也沒什麼關係，關鍵是陳妄他自己現在好像沒什麼錢。

住的那個房子老到樓梯間感應燈壞了都沒人修，上樓要開手機手電筒，據蔣格說樓上大媽天天找根本不存在的管理員反應天花板又漏水了。

也不知道退伍給不給錢……

孟嬰寧猛然意識到，這個家，好像短時間內都要靠她來維持生活。

她頓時覺得肩膀上的擔子還挺重，嘆了口氣，轉過頭來看向莫北，一臉敬業地嚴肅問道：

「什麼時候幹活？」

「……」

陳妄到雜誌社辦公大樓門口的時候，離孟嬰寧下班還有半個小時。

辦公大樓門口不讓人長時間停車，他把車子開進地下停車場，座椅靠背放下閉著眼等了一陣子，手機響了一聲。

陳妄打開看了一眼，孟嬰寧說今天要晚個十分鐘。

她的大頭照還是那個穿著浴衣在煙火大會的照片，五官拍得並沒很清晰，燈光昏黃，在她的側臉揉上了一層朦朧的光影。

陳妄想起林賀然今天白天跟他說的「你再給我看兩張」，心裡還挺不爽。

想還再看兩張，他也要有啊。

陳妄點開孟嬰寧那張帳號大頭照。

陳妄覺得這感覺其實挺神奇的，腦子裡那根筋沒轉過來的時候怎麼都不行，但是聽到孟嬰寧直捷了當地說「我不答應」的時候，他覺得身體裡某處沉了很久的地方被什麼東西輕柔地拉了一把。

然後重新鮮活地跳動起來。

還好是孟嬰寧。

她太堅定了，明明語氣稍微凶一點眼淚就一串串往下掉，嬌氣得不行，認定的事情卻無論如何都不會放手。

還好，也只能是她。

陳妄盯著那張照片看了好一陣子，忍不住垂頭笑了一下，才慢吞吞地動了動手指，也儲存了。

正好林賀然打電話過來。

『死亡時間對上了，你猜得還挺準，這膨大海是豐城人，我現在準備過一趟，你去不去？畢竟這也算是牽扯上你的事。』

「不，」陳妄說，「我要接我女朋友下班。」

『……差不多了啊陳妄，你女朋友這班下了一下午還沒下完？別人下班都是一個時間點，只有你女朋友是時間段，要下好幾個小時？萬一湯城就在豐城呢？你的命重要還是接你女朋友下班重要？』

「接我女朋友下班。」陳妄平靜地說。

『……』

沉默幾秒。

林賀然甘拜下風：『行，單身快三十年的老狗，好不容易騙到一個女孩子可要捧好了。』

林賀然無話可說，把電話掛了。

陳妄掛了電話，點開林賀然的對話，隨手把剛剛存下那張孟嬰寧的照片傳過去給他。

林賀然：『？』

陳妄：『你嫂子。』

林賀然：『……滾！』

陳妄：『？』

陳妄：『不是你強烈要求要看的？』

林賀然不回了。

孟嬰寧還要一陣子才下班，陳妄等了一下子，沒見他回，退出和他的聊天對話，因為無聊，他破天荒地時隔三百年看了動態一眼。

林賀然一分鐘前發了一則動態，一張圖片，是和他的聊天記錄截圖。

上面配字很真誠地發問——『請問三十歲老處男第一次談戀愛是不是會從狗子變成傻子？』

# 第十六章　喜歡大波浪

截圖的聊天記錄把孟嬰寧那張頭像的照片頂上去大半，女孩的上半張臉被遮住，只留下下巴以下的朦朧輪廓，看不出人長什麼樣，但脖頸修長骨架纖細，看得見的地方都美得挑不出錯來。

動態發完，林賀然回覆他了。

林賀然：『仙女應該回天宮，兄弟，這麼細看你真的配不上。』

陳妄沒再跟他扯皮，想著他去豐城的事情，隨手打字終於說了句人話：『小心點。』

林賀然：『嗯。』

林賀然這則動態引起軒然大波，認識陳妄的知道陳隊當年就是一匹就算長成神仙姐姐也追不著的野馬，被嬌豔的軍中之花狂轟亂炸眼皮都不動一下，妳絞盡腦汁也攻略不下的男人，這麼一發驚嚇不小。

不認識的也不耽誤來調侃一下，一時間所有人都還挺贊同的。

對，就是會變成傻子，跟一孕傻三年是同一個道理。

最先留言的還是陸之州，他只留了個問號，又隔了幾分鐘，回了一個微笑的貼圖。

林賀然本來覺得他這個反應飽含著老父親一般的深意，後來又覺得好像是不是，讓林賀然一時間不知道這人是什麼意思。

再回他他也不說話了。

再更新，林賀然看見下面有個刑警支隊今天輪休剛從警校畢業來實習的新人女孩留言了：

『哈哈哈嬰寧是他老婆，笑死我了，對對對是這樣的，吳彥祖也是我老公！』

「……」林賀然嗅到一點不平凡的氣息。

這是熟人？世界這麼小的嗎？

他點開那女孩的帳號，直接問：『這個女孩妳認識啊』

女孩回得很快：『老大晚上好！我認識啊！』

林賀然問：『妳朋友？』

女孩：『噗——怎麼可能是我朋友。這個是一個網紅姐姐啊，叫嬰寧。』

女孩繼續說：『那個照片雖然擋了一半但是我一眼就看出來了！那個是她聊天軟體帳號大頭照，因為我有一個朋友是拍照的，是她粉絲，之前加過她好友，加完以後還特地給我看了這個大頭照說是他女神什麼的。』

末了，女孩還說：『她真的很好看的！就是那種又清純又性感的國民初戀臉那種感覺，不過她現在粉絲沒有特別多，老大！買股不虧！信我，她一定會紅的！』

「……」林賀然震驚了。

林賀然沒想到幾年不見，陳妄竟然能癡漢到這種程度，而且還一副這女孩真的就是我女朋友的樣子，唬弄他這種常年不飆網的實在男子。

這他媽跟女孩子追星的時候把自己帳號名改成ＸＸＸ老婆，聊著天時說我給你看看我老公，然後甩過來一張某某男明星照片的行為有什麼區別？？

地下停車場。

陳妄把手機丟到一旁，頭靠著椅背闔上眼。

雖然湯城不太可能會在豐城，在那麼顯眼的地方把人撂下了，簡直就像是在等著被發現一樣，說明根本不在意。

甚至是明擺著把他往豐城引。

如果沒有孟嬰寧，無論他在不在，陳妄都會去，鴻門宴他沒少見，赴起約來向來都很爽快。

但現在不一樣，家裡多了個嬌氣得跟玫瑰似的女孩，還是個花蕾，風吹不得雨淋不得。

沒出事就威脅要給他戴綠帽，一戴還戴八頂。

他睜開眼睛，抬起頭來。

地下停車場陰涼，光線昏暗，陳妄車停在電梯口，一下來就能看看見的地方，正前方的電梯門上面樓層數一層一層往下蹦，最後落到B1，緩緩開了門。

小玫瑰站在最外邊，一邊從包裡掏手機一邊往電梯外走，出來以後站在電梯門口垂著頭按手機，然後陳安的手機響了兩聲。

林賀然：『陳安一把年紀了你要點臉吧，我就說，你還能找到女朋友？』

陳安不知道這人突然發什麼病，沒理他，點開上面的。

你的嬰寧：『我在停車場了，你在哪呀？』

陳安沒回，就這麼坐在車裡安靜地看著她。

看著她抬起頭，往左邊走十幾步伸著脖子往前瞅一瞅，又往右走了一段瞅瞅，掃了一圈，目光終於停在斜前面車位裡的白色轎車上。

她不記得車長什麼樣，但是記得車牌號。

孟嬰寧眨了眨眼，唇角翹起，沒馬上過來，就那麼站在原地，繼續打手機。

你的嬰寧：『我看到你了！』

陳妄忍不住垂頭笑了笑。

孟嬰寧這句話傳完，才小跑著跑到車邊，拉開副駕駛座的門坐上去，一邊抬手去抓安全帶，一邊說：「我找了你半天，你沒看到我嗎？」

「看見了。」陳妄說。

「看見我了怎麼不叫我？」孟嬰寧說。

她挺費力地抓著安全帶拉下來，陳妄抬手隨手一拽，喀嚓一聲，幫她扣上，溫熱的指尖蹭到她微微有點涼的手背：「看見我了還不趕緊過來，站那傳什麼訊息？」

孟嬰寧沒說話，扯著安全帶拉鬆一點，拉不動，她乾脆把上面那根勒著她肩膀的扯了扯，腦袋從裡面鑽出來，然後側著身微微往前傾了傾，看著他。

陳妄抬眸，對上她的視線，略一挑眉。

「陳妄，我們一天沒見了。」孟嬰寧說。

「嗯，」陳妄抬手，把她的腦袋往後按了按，扯著黑色的安全帶帶子往前一拉拉回來，把人重新套到裡面，「妳這跟沒繫有什麼區別。」

孟嬰寧挺乖的任他把自己按回去了，他手一鬆，又鑽出來，斜歪著身子撐著副駕駛座邊往他面前湊：「你想我了嗎？」

陳妄沒想到她會突然問這種問題，頓了頓。

孟嬰寧本來也不指望他能說出些什麼想妳了之類的回應，他會說那才挺驚悚的。

沒等他回答，她又自顧自地說：「我還，挺想你的。」

陳妄一腳油門沒踩上去，抬眼。

她說這話的時候，是有點害羞的，臉頰微紅，眼睛明亮，有一點期待，還有一點嬌嗔。

陳妄眸色深了深，抬手撈著她的後頸把人勾過來，傾身過去垂頭親了親她的唇。

她看起來主動其實害羞，陳妄不敢嚇著她，只是唇瓣貼合溫柔地蹭了蹭，含著撓癢癢似的咬了咬，然後親吻落在她唇角，聲音很低：「想了。」

光是這樣親一下，就能讓她耳尖發紅。

臉皮薄到親一親，說句情話就不好意思的小玫瑰一點一點舒展開，靠近過來用花瓣輕輕蹭了蹭他，勇敢地想要表達出對他的喜歡。

陳妄心窩一軟。

林賀然說的也對，這麼人見人愛的女孩，好像確實便宜他了。

陳妄沉沉笑了一聲，抬手親暱地捏了捏她的耳朵：「是有點配不上。」

孟嬰寧困惑地看著他：「配不上什麼？」

「沒什麼，」陳妄收回手重新坐回去，車子開出地下停車場，「想吃什麼？」

「不知道，我想想。」

起初是一直在想吃什麼，定下來後孟嬰寧思考起白天莫大廚跟她說的那個不會虧待她的活動。

等到車快開到家門口了，孟嬰寧終於把這兩件事放下，不知道怎麼又想起剛剛那句話，才突然反應過來猛地轉過頭來，瞪大眼睛看著旁邊的男人，不可思議道：「你剛剛那個話的意思是覺得我配不上你？」

「……」三百年過去了，她又想起這事。

陳妄沉默瞥了她一眼，不知道她的腦子是怎麼長的。

這個世界上沒有她配不上的人。

結果這麼冷冷淡淡一眼掃過來，孟嬰寧覺得自己猜對了。

熱戀期還能有三個月呢，這才剛確定關係，這個人就已經開始嫌棄她了。

覺得她配不上？

孟嬰寧又想起陳妄的嗜好，這狗男人喜歡成熟的。

那股已經放下的在意了很多年的悶氣頓時又回來了。

「那你覺得什麼樣的女人才配得上你，」孟嬰寧瞪著他，臉鼓了鼓：「大波浪的？」

語氣特別酸，非常不開心，滿臉都是你要是敢說是，我就打你。

偏偏酸得陳妄還覺得怪高興的。

陳妄笑了，手搭著方向盤開車，沒看她，淡聲說：「妳這麼大夠了。」

「……」

孟嬰寧一時間沒反應過來是什麼意思，側了下頭，臉上不開心的表情轉變成茫然。

可愛的小模樣看得人心裡又有點癢癢。

陳妄抬手，捏了捏她軟嫩嫩的臉，懶洋洋地拖長了聲：「也不用太浪。」

孟嬰寧愣了兩秒，反應過來。

男人說起葷話都不看時間地點的嗎？大白天的在車裡呢！孟嬰寧沒好氣地抓起他的手，扔開。

陳安順勢抓著她的手扯過來，用空著的那隻手握住。

女孩的手軟得跟沒骨頭似的，手指細細的，有點涼，陳安想起她總說自己手指疼，捏著她的指尖，輕緩地揉了揉。

孟嬰寧皺著眉抽手，沒抽動，他的手特別大，溫熱的包著她的手，親昵地捏著她的手指，有點舒服。

孟嬰寧乾脆不掙扎了，任由他握著，人靠回去。

陳安喜歡成熟派那時十七、八歲，其實可以理解，正常那個歲數的少年都喜歡姐姐型的。

但是歲數大了應該就不一樣了……吧？

不是說老男人普遍都喜歡小女生嗎？

孟嬰寧想著又側過頭，試探地叫了他一聲：「陳安。」

陳安沒說話，捏著她的手揉了揉，算是回應。

「那你，」孟嬰寧清了清嗓子，大著膽子直接問他，「喜歡成熟的嗎？」

她有點緊張。

前面十字路口，紅燈，車停下。

陳安側過頭來，看了她好一陣子，漆深的眼很專注地看著她，眼神淡淡，盯得人有點發毛。

孟嬰寧不太自在，撇撇嘴：「喜歡就喜歡，我又沒說什麼……」

陳妄勾唇，這才說：「不喜歡。」

他捏著她的手指，輕輕搓了搓指腹，抓起來湊到唇邊，親了親她的指尖。

唇瓣觸感柔軟溫熱，氣息微燙，酥酥麻麻的。

孟嬰寧一抖，臉紅了。

陳妄笑，聲音低低沉沉，明明淡得很，卻有種說不出的親昵和曖昧：「我喜歡親一下就臉紅的。」

空氣很靜。

男人抓著她的手乾燥溫厚，唇瓣柔軟，溫度很高，染得她略有些涼的手指也跟著燙起來。

他說得自然淡定，就像在說今天吃什麼，卻撩撥得人手指酥酥麻麻，心臟砰砰地跳。

孟嬰寧本來不覺得自己臉紅什麼的，被他這麼一說，耳根莫名一熱，抿著唇抽手：「我沒親一下就臉紅。」

陳妄鬆了手，任由她抽回去，笑了一下，故意說：「我說是妳了？」

「……」孟嬰寧瞪著他，剛收回來的手又伸過去，拽著他的大手狠狠地捏了一下：「哪個小妖精？」

陳妄想了想，挺嚴肅地說：「大波，浪的那個。」

「……」孟嬰寧不想理他了。

陳妄以前就不太正經，不過男生那時都這樣，湊在一起的話題除了打球、打遊戲就是這些不著調的話，陳妄那時候話比現在多點，有時候聊起這些也能冒出兩句。

他還總是逗她，特別煩人。

時隔這麼多年，男人的性子其實沉穩了不少，當了十年兵，再頹也掩不住骨子裡偶爾不經意透出來的那股軍人的一板一眼和肅冷正氣。

還坐懷不亂，之前她都那麼勾引他了，一點反應都不給她。

結果確定關係以後還是這麼不正經。

果然，男人。

矜持起來跟什麼似的，其實都是假的。

孟嬰寧和陳妄都不會做飯，孟嬰寧勉勉強強只能弄個番茄炒蛋燉個湯什麼的，還要上網對照著食譜步驟一步一步來。

本來說要出去吃，又不知道吃什麼。

入秋以後白晝短，到家天都黑了，而且在攝影棚跑前跑後蹲了一整天，孟嬰寧不太想動。

她進屋換了家居服，出來剛往沙發裡一癱想叫個外賣，看見陳妄人在廚房。

孟嬰寧「咦」了一聲。

她家的廚房挺窄的，當初裝潢的時候把連著客廳的那面牆砸了，弄了個半開放式，做了小吧檯隔著，後面放餐桌。

「你不是只會煮粥嗎？」孟嬰寧屁顛屁顛跑過去，把吧檯椅拽出來，趴在那看他，「而且我家沒什麼菜。」

陳妄翻出兩個番茄，兩個蛋，一把青菜已經洗乾淨放在砧板上，鍋裡燒著水，咕嚕嚕地翻騰。又從冰箱裡拿了袋超市裡賣的那種掛麵，紙袋子一拆：「吃不吃麵？」

「素，」孟嬰寧看了他手邊的食材一眼，嫌棄地皺了皺鼻子，「我想吃肉。」

陳妄將一把麵條嘩啦啦下進鍋裡，轉過身，抬手，指尖輕敲一下她的腦門：「要妳去外面吃又懶，非要回家，有得吃就不錯了小女孩。」

孟嬰寧捂著腦袋：「我想著回來叫外賣的……」

等到麵上桌，紅的番茄綠油油的菜葉，荷包蛋嫩生生鋪在上面，筷子一戳開裡面的蛋黃黏稠流出來。

孟嬰寧也餓了，夾著蛋咬了兩口，抬頭：「你明天也跟我一起吃飯嗎？」

「嗯，」陳妄應了一聲，問，「你們中午幾點休息？」

「正常是十二點，」孟嬰寧叼了片番茄，「怎麼了？」

「沒怎麼。」

「明天晚上我們出去吃，我想吃火鍋，」她說著，又想起來，「好像不行，你不能吃辣的。你那個傷每天都換藥了嗎？」

「沒事，都一個禮拜了。」

提起這事，孟嬰寧不放心，當即把嘴裡那片番茄吞了，放下筷子：「我看看。」

陳妄捏著筷子，看著她笑：「現在啊？」

他那地方想看還要脫。

孟嬰寧反應過來，慢吞吞地重新捏起筷子，小聲：「吃完吧。」

晚飯吃過，陳妄沒待多久，走的時候不到九點，走之前特地提醒她鎖好門。

孟嬰寧沒當回事，把人往外一推關上門就要進屋，結果剛走沒兩步，門鈴又響了。

她過去開門，陳妄站在外面，面無表情地看著她：「鎖門了嗎？」

「鎖了。」孟嬰寧面不改色。

陳妄冷笑：「鎖了個屁，我都沒聽見門鎖聲。」

「……」孟嬰寧抬手把他推出去了：「你好煩！趕緊回家！」

哐當一關門，孟嬰寧翻了個白眼，把防盜門反鎖了兩格，哢噠哢噠兩聲。

鎖完拍兩下門，示意他。

行了吧！

陳安這才走了。

孟嬰寧回去，洗了個澡出來看了眼時間，陳安應該還沒到家。

她敷著面膜爬上床，隨手扯過一本雜誌翻著聽歌，手機叮叮咚咚地熱鬧起來，點開一看，是之前第一次聚會以後陸之桓拉的一個小群組，平時都挺安靜的，畢竟大家都是繁忙的社畜了，也沒什麼時間天天聊天，這時不知道怎麼就聊起來了，訊息跳得飛快，一則接著一則。

孟嬰寧指尖點著螢幕往上掃了一眼，看到最開始陸之桓的那句：『同志們！我們當中有人脫單了你們知道嗎！』

「……」孟嬰寧的手一抖。

這人的消息還挺靈通的，這事她也只跟林靜年說了一句，別人都還沒來得及說呢。

再往下滑，二胖那一群全都出來了，都在猜是誰，陸之桓偏偏不說，要賣個關子，說明天休息日大家一起吃個飯。

孟嬰寧這才打字：『幾點啊，明天加班。』

陸之桓：『妳這破公司怎麼天天加班啊，週末還加班？』

孟嬰寧：『嗯，反正不是全天，也只有上午吧。』

末了又強調：『有加班費呢！』

陸之桓：『妳又不缺錢。』

孟嬰寧：『怎麼不缺錢。』

還要養家呢。

孟嬰寧嘆了口氣，覺得大少爺真是不知道柴米油鹽貴，一點都不會過日子。

陸之桓知道她忙，只讓她晚上過來，孟嬰寧答應了，又收到林靜年的訊息。

孟嬰寧扯掉面膜，先把林靜年那則點開：『妳跟阿桓說了妳有男朋友的事了啊？』

孟嬰寧有些莫名：『沒啊。』

林靜年：『我也沒說啊。』

孟嬰寧愣了愣，不覺得陳妄這麼悶的性子，是那種會談個戀愛就到處鑼鼓喧天彙報一聲的人。

她剛要打字，猛然想起，林靜年還不知道那個天天被她罵是個渣男的男朋友是陳妄。

她還沒告訴她這個人是陳妄……

如果說她小時候跟陳妄那個很糟糕的關係更多的其實是彆扭，那林靜年跟陳妄真的是糟糕到就算聚在一起，看都不會看一眼的那種。

孟嬰寧也不知道這兩個人到底是為什麼。

長大以後倒是好了很多了，至少沒有中二時期那麼水火不容，但孟嬰寧還是有點不太敢說。

林靜年本來就對她這個男朋友怨念頗深，覺得這男人拒絕她又親她，就是個打一巴掌給個甜棗吊著女孩子感情玩的人渣。

是因為孟嬰寧實在喜歡，她才勉勉強強尊重，還千叮嚀萬囑咐她千萬不要被騙了。

討厭的陳妄，還有閨密那個討厭的渣男男朋友，兩個人結合在一起——閨密那個討厭的渣男男朋友陳妄。

這可真的是雙倍驚喜，雙倍刺激。孟嬰寧乾巴巴地想。

她一邊思考著要怎麼跟林靜年說這個事，一邊退回去，問陸之桓：『你聽誰說的我有男朋友了啊？』

等了一下子，陸之桓直接傳了則語音過來：『我靠妳有男朋友了啊！』

「……」

孟嬰寧也回了則語音過去：『那剛剛你在群組裡說的不是我啊？』

陸之桓：『不是啊！是我哥跟我說妄哥好像有女朋友了啊，他也就隨口跟我說了那麼一嘴，再問他他也不說了，也不知道是不是真的。』

陸之桓說：『主要是想叫大家出來聚聚啊，剛好我哥休息，我們上次出來都好幾個月前了。』

陸之桓一連傳了三則過來：『妳真的有男朋友了啊，今天是什麼日子啊，你們還能一起找對象呢？』

「……」孟嬰寧心道我們可不是就一起找著對象嗎。

孟嬰寧輕輕撓了下鼻尖，又去找陳妄：『到家了嗎！』

陳妄：『嗯，剛到。』

孟嬰寧又問：『你看群組了沒？』

陳妄：『看了。』

孟嬰寧懶得打字，直接打了個視訊電話過去給他。

陳妄接了。

確實剛到家，人甚至還沒坐下，孟嬰寧看著他進廚房打開冰箱門，手指剛搭上冰啤酒，立刻說：「不准喝酒！」

陳妄動作一頓，嘆了口氣，手指收回來，把冰箱門關了，走到餐桌前倒了杯水。

『行了嗎？』他舉起來手機，往裡面看了一眼。

孟嬰寧笑瞇瞇地看著他：「行了。」

陳妄略瞇了下眼。

女孩趴著躺在床上，撐著腦袋看著他，應該剛洗完澡，頭髮還沒乾透，身上浴衣領子鬆鬆垮垮的垂下來，鎖骨很翹，再往下垂下來形狀美好的半弧，是隔著螢幕都能感受到的柔軟。

燥意特別明顯的開始蠢蠢欲動。

偏偏視訊裡的女孩還毫無所察，細白的小腿在床上一踢一踢的，腳背拍著床單，問他：「那明天聚會你去嗎？」

『妳去嗎？』陳妄的嗓子有點冒火。

「去的呀，不過我要等下班。」

陳妄『嗯』了一聲：『那我跟妳一起。』

「那……」孟嬰寧小心翼翼地看著他，「其實我還沒跟年年說我男朋友是你這件事。」

陳妄拿著手機，人靠進沙發裡，笑了一聲：『怎麼沒說，妳不是連我親妳一下這種事都要跟她彙報一聲嗎？』

他往前湊了湊，直直看著視訊裡的人，壓低了聲說：『她好像還以為我們上過床了，也是妳說的？』

「……」

女孩聽著這話噌地一下就蹦起來了，胸前那兩個弧也跟著跳，跳得陳妄的眼皮也跟著跳。

孟嬰寧跪坐在床上，紅著臉舉著手機，有點炸毛地瞪著他：「你閉嘴！你怎麼什麼話都說！」

陳妄閉了閉眼，再開口嗓子有點啞：『行，到時候我跟她說。』

他明白她在糾結什麼。

孟嬰寧眨眨眼：「那你跟她說。」

『嗯，』陳妄看著她，『睏不睏？』

孟嬰寧愣了愣：「還不到十點。」

『明天不是要上班？早點睡，』陳妄舔著唇，深吸口氣，平靜道，『我去洗個澡。』

陳妄說著，直接把視訊掛了。

不知道在急什麼。

電話那頭，還沒反應過來，一直舉著手機的孟嬰寧：「……」

陸之桓選了個湘菜館，就在孟嬰寧公司旁邊，走過去不到十分鐘，孟嬰寧下班以後直接過去，沒讓陳妄來接。

湘菜上油色重味濃，辣菜也多，陳妄能吃的不多，孟嬰寧本來想說換一個，不過都選好了，大家也都挺滿意的，便不好開口。

包廂訂在二樓，古色古香的裝修，橫木雕花回廊轉過去一扇扇木門，環境清幽，順著護欄往下看一樓中間有人唱著小曲。

她到的時候陳妄已經到了，孟嬰寧推開包廂門環視一圈，看見坐在靠窗邊的陳妄。

陳妄正在聽旁邊二胖說話，聽見開門聲，抬頭往門口看了一眼，又繼續側頭聽。

兩人不知道在說什麼，二胖在那裡眉飛色舞，一臉春意盎然。

陸之桓招呼她：「狐狸！妳的男朋友怎麼沒來！」

孟嬰寧下意識看了陳妄一眼，沒說話，走進去。

席上好幾個位子還空著，孟嬰寧回手關上包廂門，往裡走，陳妄也沒抬頭看她，只是隨手把自己旁邊的空位椅子拉開。

孟嬰寧腳步一頓，走過去坐下。

一桌的人愣了愣。這兩個人什麼時候關係這麼好了？

好在也沒人在意這個細節，陸之桓點完菜，敲了敲桌子，開腔：「今天我們之中出了一個叛徒，不對，兩個叛徒。我本來以為陳妄哥背著我們脫單了挺讓人氣憤的，沒想到我昨天機智套話，又套出來一個。」

陸之桓手一指：「狐狸，妳坦白從寬抗拒從嚴！」

陸之桓是真的覺得挺神奇的：「妳說妳二十多年連男生的手都沒牽過，前兩天還讓我介紹個浪的給妳，沒幾天就交上男朋友了，妳的男朋友追人的速度有點閃電啊，是哪路神仙？」

二胖的話題也暫時停下來，側過頭。

陳妄跟著一起側過頭。

陸之桓側過頭，看著林靜年，又問：「年總，狐狸有沒有跟妳說過這事？」

林靜年像是發呆剛回過神來似的，看向他，不情不願地皺眉，語氣不是那麼好：「說了，幹什麼，你怎麼這麼八卦？」

「這不是好奇一下，我們家狐狸終於談戀愛了，多重要的事，」陸之桓特別好奇地問，「那妳見過沒？」

孟嬰寧看著陳妄，對他眨了眨眼。

陳妄揚眉，慢吞吞地坐直身子，還沒來得及說話。

「見過，」林靜年冷笑了一聲，淡淡道：「是隻狗。」

「……」安靜三秒，沒人說話。

一片沉默中，整個包廂很突兀地爆發出一陣大笑，陸之桓一邊「哈哈哈哈哈哈」笑著一邊拍桌，拍完桌抬手抹了把眼淚，特別開心地抬起頭來，看向孟嬰寧，指著林靜年，試圖挑撥離間：「狐狸！她說妳男朋友是狗！」

「……」

二胖在旁邊嘆了口氣，心道：傻子。

他默默地看了旁邊的陳妄一眼，又看了旁邊的孟嬰寧一眼。

本來第一次出來聚餐的時候他就懷疑自己站錯CP了，剛剛孟嬰寧一進來，別人沒發現，他坐在陳妄旁邊，很明顯的發現這人看過去的眼神變了變。

帶上那麼點不易察覺的柔軟。

直到陳妄看見孟嬰寧進來的時候，特別自然地把手邊的位子拉開。

而孟嬰寧也特別自然地過來坐下了。

雖然兩人全程都沒有說一句話，但是動作就跟做過了一百八十遍了一樣順手。

二胖從小腦子就好，轉的也快，非常有眼力，想了想小時候，孟嬰寧和陳妄陸之州三個人感情最好，整天混在一起。

那時候陸之州對她也是真的好，陳妄倒是不聲不響的，還動不動就把人氣哭了，所以才一直讓他以為，就算真的成了，也是孟嬰寧和陸之州是一對。

他又看了旁邊笑吟吟表情很意味深長的陸之州一眼。

又看了一臉冷淡開始耍大小姐脾氣的林靜年一眼。

二胖安靜如雞地坐在座位裡，拉著椅子往旁邊靠了靠，看著陸之桓，本著多年兄弟情誼輕咳了一聲，提醒他。

陸之桓跟沒聽見似的：「換我我可忍不了的啊狐狸，必須要打一場。我們狐狸！沉魚落雁閉月羞花的漂亮小仙女，二十多了頭一次談戀愛，竟然說人家男朋友是狗！」

陸之桓又問：「不過年總，那人妳認識啊？」

林靜年沒好氣：「關你什麼事？」

「關心一下狐狸的感情嘛，難道我也認識啊？」

「所以說關你什麼事。」

「……」

陳妄神色平淡，原本坐直的身子重新靠回到椅背裡，也不急了，就這麼聽著他們在那裡你一句我一句的拌嘴，一臉饒有興致。

二胖心裡默默幫陸之桓這傻子畫了個十字。

林靜年是個女孩子，何況她跟陳妄一直不對付，陳妄不會真的跟女生計較。

陸之桓就不一樣了。

這小子可是被陳妄揍大的。

命不久矣。

陳妄表情淡淡，人往後一靠，看著陸之桓懶洋洋地叫了他一聲。

陸之桓應聲，中斷了和林靜年小學生一般的爭吵，轉過頭來：「妄哥怎麼了？」

「那條狗，」陳妄說，「是我。」

「……」

「……」

孟嬰寧在旁邊端著茶杯喝茶，一口茶水差點沒噴出來，直接被嗆了一下。

她的小臉憋得通紅，放下杯子捂著嘴開始咳。

陸之桓還一臉呆滯：「啊？」

陳妄抬手，在她背上順了順，漫不經心道：「你不是好奇嗎？」

孟嬰寧覺得這一口茶水差點沒嗆到鼻子裡去，嗓子火辣辣的，眼淚都咳出來了，才終於恢復過來，抬起頭。

滿桌震驚。

陳妄看她不咳了，一手在她背上一下一下捋，另一隻手把面前的紙巾拿過來遞給她。

孟嬰寧接過來，總覺得這個場面有種莫名其妙的尷尬和不好意思，她的手背到身後去，不動聲色的偷偷拽著陳妄拍她背的那隻手，動作不是太溫柔的扯著丟開了。

陳妄的手被她扔開也不氣惱，沒什麼脾氣地又反手去捉她的手，捏她的手指。

孟嬰寧唰地把這人的手拉到桌下，生怕被看見似的。

孟嬰寧不想在熟人面前搞得好像談起戀愛來太黏膩，有點肉麻，而且戀愛對象也是個熟人。

孟嬰寧覺得她這一波動靜應該還挺隱蔽的。

其實都看見了啊小姐！

二胖嘴角抽了抽。

陸之州忍不住了，偏過頭擋著臉笑。

陸之桓終於反應過來，他一副捉姦現場看見自己被女朋友綠了的樣子，霍然站起來了，爆了聲髒話：「我靠——！」

陸之桓瞪大眼睛：「真的假的！」

他自己問完，也反應過來這個問題有多智障，又「我靠」了一聲：「不是，你們——」

二胖在桌子底下翻山越嶺踩了他一腳。

陸之桓一頓，話音戛然而止，他看著陳妄好半天，才開口：「哥。」

陳妄揚眉。

陸之桓真心誠意地說：「厲害。」

「……」

本來陸之桓是想著陳妄和孟嬰寧這兩個人這麼難得都有了對象，必須拷問拷問，最好能讓兩個都把人叫來。

結果是人家兩人湊了一對。

孟嬰寧小時候跟陸之州CP感挺強的，基本上大家都覺得他們的關係好，陳妄就是個大魔王，女孩一見他躲都來不及，動不動就把人弄哭了。

沒想到十年過去，小女孩讓陳妄騙去了。

這難道是什麼新型撩妹套路嗎，只要你小時候欺負她，長大她就跟你談戀愛。

再看陸之州的表情，好像早就知道。

中途，陳妄去了洗手間，回來就看見林靜年站在包廂門口。

聽見聲音，她抬起頭來，看著他遠遠走過來，一直到門口，才說：「我之前本來想著如果見到狐狸那個男朋友，先揍一頓。」

林靜年剛才始終沒說話。

本來孟嬰寧進來的時候看兩個人的互動，林靜年是有猜測的，結果沒想到還真的是。

她當時差點跳起來，但這個男朋友的事，孟嬰寧也只跟她說了。

當著那麼多人的面說太多，不自在的也是孟嬰寧。

陳妄靠著窗臺，摸出菸來，又去摸打火機。

打火機啪嚓一聲響，林靜年的聲音不大，說：「狐狸前段時間跟我說喜歡上一個人，她說她不敢表現得太明顯，怕那人發現她的心思以後就不理她了，她覺得自己藏得挺天衣無縫的，還特別高興的跟我說，那個人抱她了。」

他點菸的動作頓了頓，然後垂手，咬著菸低下頭，沒說話。

林靜年說：「她本來臉皮就薄，因為是真喜歡你，所以她硬著頭皮主動跟你告白，然後你拒絕她了，是吧？」

林靜年壓著火：「我不知道你是怎麼拒絕的怎麼傷到她了，她不開心的事基本上都不會跟我說，但我能想像到。你拒絕她也就算了，那之後她本來都打算放棄了，結果你又去撩她，是不是？」

「狐狸從小就嬌嬌氣氣的，沒受過委屈長大的，我不管你是因為什麼原因有什麼理由，你憑什麼吊著她讓她受這麼大的委屈？」

林靜年深吸口氣，語氣平靜：「狐狸傻，她就是你今天打她一巴掌，明天再給她顆糖她也只會記得你給她的那顆糖是什麼味，然後自己一個人傻乎乎的覺得高興，覺得你對她特別好。」

「她不會記這些，但你不能當這一巴掌沒搧在她臉上過。」

陳妄始終沒說話，林靜年也不指望他能說什麼。

她是的真不喜歡陳妄。

除了第一印象不太好以外，小時候覺得他性格乖戾，說他喜歡孟嬰寧吧看起來也不認真，就像是看見漂亮女生就天天吊兒郎當的逗著玩似的，態度讓人覺得特別輕浮又討厭。

再加上現在又知道她一直想揍一頓的那個人就是他。

沒人說話，包廂裡說笑的聲音隱隱約約傳出來。

靜了半晌。

「陳妄，我們是從小玩到大的，」林靜年忽然莫名有些洩氣，看著他說，「狐狸挺認真喜歡你，你要是其實沒怎麼走心，只是覺得小妹妹長大了變漂亮了挺新鮮，那還是算了。」

陳妄的喉結滾了滾，終於緩慢抬起眼來。

他的唇線平直抿著，眸光陰翳晦澀。

「不是。」他壓著嗓音，很認真看著她。

林靜年愣了愣。

非要說起來，陳妄也不知道是什麼時候開始的。

只是現在想想以前的事，發現有關於她的每一個細節他都記得。

今天因為什麼事哭鼻子，明天又因為什麼事高興了，一包軟糖就能哄得她笑得跟個小傻子似的，膽子特別小，都八、九歲了，看個卡通都能嚇得到處竄。

以及兩個人第一次見面的時候，小陳妄拽著小嬰寧的頭髮，面無表情地看著他在自己手底下嗚嗚咽咽地哭。

他少年時光裡每一幀都有她的參與。

他希望他今生每一天也都能有她。

她對著他笑一下，他就覺得這一瞬間的生命是有意義的。

但這些話陳妄是說不出口的，別說對著林靜年，就是對著孟嬰寧他都不會說。

一根菸燃盡，陳妄掐了菸頭，再抬眼時神情已經恢復正常。

他直起身來走過去，壓上包廂門把手：「我明白。」

林靜年：「……」

你明白？我自己都不明白，你明白什麼了？

進包廂的瞬間，陳妄抬手握拳，輕敲一下她的肩膀：「謝了，兄弟。」

林靜年：「……」

啊？誰是你兄弟了？

林靜年一臉茫然加暴躁地在外面站了一陣子，又很無奈地調整一下表情，才跟著進了包廂。

陳妄剛坐下孟嬰寧就皺著眉看著他：「你又去吞雲吐霧了。」

「嗯，」陳妄坐下，拿起旁邊的濕毛巾擦了擦手，「吐了一根。」

孟嬰寧翻了個白眼：「那你還想吐幾根？我跟你說，你這麼下去肺真的就黑了，等你到時候——」

她忽然不說話了。陳妄的手伸到桌下，拽著她的手拉過來，修長乾燥的手指穿過她的指縫，很用力的握了握。

這樣牽手，還是第一次。孟嬰寧有點不好意思，十指相纏，莫名有種親密又繾綣的感覺。

她回握住他，看著他眨眨眼，小聲問：「怎麼啦？」

陳妄扣在她手背上的指尖輕緩蹭了蹭：「沒什麼。」

剛好林靜年進來，孟嬰寧愣了一下，反應過來：「你跟年年說話去了？」

「嗯，說了一下。」

「她打你了沒？」孟嬰寧問。

「沒，」陳妄用另一隻手拿起筷子，挑了塊魚腹給她，「罵了我一頓。」

「啊，」孟嬰寧有些失望地拖長了聲，「只罵了你一頓？」

「……」陳妄有些好笑：「小女孩，妳怎麼回事，不向著妳男朋友？」

「我當然向著她，年年是我的親媽粉，」孟嬰寧拿起筷子夾起那塊魚，吃了，「她可比我媽管得還多，我之前跟她說起你，沒提是你的時候她就說要打死你了。」

陳妄：「……」

這一頓飯除了最開始波瀾不驚微不足道到驚恐的小小插曲以外沒什麼別的意外。這一群人湊在一起陸之桓只想打麻將，飯後還是去了湯誠會館。

眾人上了三樓包廂。

陸之州和陳妄坐在沙發裡說話，中間擺了一桌麻將和撲克牌，幾個女孩不跟他們擠，在裡間湊在一起聊聊天。

陸之桓一摸到牌整個人都活過來了，開始奮不顧身的往外瘋狂送錢。

輸了一圈以後話匣子也跟著打開了，還是旁邊的人先提起來的：「不過陳安是真的強，哥們怎麼也沒想到你能跟狐狸湊到一起，」男人笑道，「怎麼追的分享一下？」

陳安靠在沙發裡，手背撐在臉側，略勾了下嘴角：「反正追上了。」

「反正追上了，你們聽聽這說的是人話嗎，安哥你知道你不在的這幾年我們狐狸多少人追呢。」

陸之桓一邊拍出去一張二餅一邊說，他也看出來了，陳安今天大概是公開了戀情，心情好像還不錯：「真的不是人，你說狐狸勉強也能算是你看著長大了一半的吧，你真能下得去手啊。」

二胖眼睛盯著牌，點點頭：「趁人家小時候天天欺負人家，長大——這我老婆，看清楚了嗎，這——四——我——老——婆——」

「安哥是從小就盯著了，等著長大呢，」陸之桓碰了個五萬：「享受著養成的樂趣。」

二胖：「為了討老婆絲毫不要臉。」

陸之桓翹著蘭花指摸了張牌：「胖，你這話說的很奇怪，討著老婆了為什麼還要臉，為了追老婆哪怕做畜生又怎麼了？」

陸之州坐在一旁看熱鬧不嫌事大，表示贊同：「禽獸。」

二胖：「狗東西。」

陸之桓一字一頓：「簡直畜生都不——」

陳妄終於不耐煩了：「差不多了啊，你是活夠了？」

陸之桓閉嘴了，但陸之州並不怕他，嘆了口氣悠悠道：「有女朋友了，就是不一樣。」

陳妄不想理他。

剛好裡間門推開，幾個女孩出來了，聊天聊夠了，跑出來找桌遊玩，陳妄看著孟嬰寧高高興興地跟她的小姐妹湊在一起，有些不爽地「嘖」了一聲。

昨天還說週末只想跟他待在一起。

今天玩開心了看都不看他一眼。

女人。

湯誠會館的小少爺不是別人，就是之前對孟嬰寧有點意思的那位粉襯衫易少爺，之前陸之州問起，陳妄還幫人家改了個名叫易開罐。

陸之桓跟易開罐關係不錯，剛才進來就看見在大廳裡的易開罐，陸之桓還過去打了個招呼才上來，兩個人聊了一陣，陸之桓不知道說了什麼，易開罐的表情一下子就變得有些興奮起來。

沒多久，易開罐帶著兩個服務生推了個小推車上來，看到孟嬰寧的時候眼睛亮了亮。

倒也沒表現出什麼，走過去先跟陸之桓客套幾句，又開了瓶酒聊了兩句，易開罐才往裡面看了看。

孟嬰寧坐在窗邊，不知道在玩什麼，低垂著頭沒看這邊，黑色長髮別在耳後，露出白玉似的細嫩小臉和精緻五官。穿了件裙子，長筒襪裹著筆直纖細的腿。

好像比上次見到更可愛了。

一起出來兩次，孟嬰寧都是跟他玩的，而且都還挺愉悅的，易開罐覺得兩個人已經算熟了。

雖然這女孩兩次都忽然就沒人影了。

他長得不錯，唇紅齒白，狹長一雙眼帶笑，站在門口眼都不眨看著房間盡頭的女孩，目標很明確。

嗓音偏柔，一開口就是曖昧橫生：「小嬰寧？」

孟嬰寧因為和聊齋的嬰寧同名大家從小一直狐狸狐狸的叫，這一聲過於親昵的稱呼直接把屋裡幾個人喊得愣了一下。

陳妄揚眉。

孟嬰寧正抱著抱枕坐在沙發裡跟林靜年幾個人玩桌遊，要算的，注意力挺集中，也就沒怎麼注意這邊的動靜，只聽見有人忽然叫她。

她頭都沒抬，下意識應了一聲，挺清脆：「噯！」

易開罐平時妖孽習慣了，騷話順口就來，笑瞇瞇問她：「想哥哥了沒？」

孟嬰寧才茫然地抬起頭來，往門口看：「嗯？」

「……」

空氣靜止了。

然後一片寂靜裡，所有人都扭過頭去，齊刷刷看向陳妄。

陸之州吹了聲口哨：「謔。」

# 第十七章　寧寧

陳妄還記得之前陸之桓說孟嬰寧喜歡浪的。

今天這個這麼一看還挺符合她的審美。

孟嬰寧剛才在心裡算著牌，也沒注意這邊的動靜，現在終於反應過來了，看著站在門口叫她的那人愣了愣。

回憶三秒鐘，從腦海裡挖出來這個人是誰。

孟嬰寧對易小少爺的印象挺好的，這人雖然油滑但也有分寸，特別擅長看人喜怒，聊起天來不越界，又有梗，很會哄女孩子。

以前沒和陳妄在一起的時候他這麼說著開開玩笑也沒什麼，但是現在聽起來就很奇怪，讓人莫名覺得有點心虛。

孟嬰寧沒再說話，下意識看了陳妄一眼。

男人長腿伸著坐在沙發裡，兩隻手手肘搭著扶手，往後一靠，眉梢微挑，表情沒什麼變化。

單人沙發被他坐出了龍椅的氣勢。

可是人家又不知道她現在有男朋友了，而且也沒說別的，只是開個玩笑。

孟嬰寧收回視線，站起來：「這麼巧呀。」

「也不是巧，」易開罐說，「我是聽陸之桓說妳今天跟著過來了，才想著上來看看。」

陸之桓手一抖，手裡剛自摸抓過來準備糊的二餅啪嘰一聲掉在牌桌上。

易開罐沒注意到，湊近孟嬰寧說：「上次怎麼玩到一半忽然走了？我等了半天也沒看妳回來，後來聽阿桓說才知道妳走了。」

「……」因為被狗堵在洗手檯親了一口然後被帶走了。

孟嬰寧還沒說話，易開罐又湊過來一點，他挺高，略彎了彎腰，繼續說：「跟我玩的不高興？」

二胖倒吸了一口涼氣。

二胖心道說話真的是門學問，語氣太重要了，怎麼這人隨便說句話語氣都能曖昧到這麼不要命的。

二胖側頭看了一眼，陳妄沒什麼反應，只是慢悠悠地坐了起來，傾身往前靠，抬手從面前茶几上的果盤裡捏了一顆葡萄。

孟嬰寧覺得沒什麼，她那天本來就是被陳妄拎回家的，實話實說道：「沒，那天喝多了，不太舒服。」

「是有點多了，那個深水炸彈後勁特別大，」易開罐笑瞇瞇，「下次有空讓阿桓再帶妳出來玩，我調一個適合女孩子喝的給妳。」

陸之桓要崩潰了，哥求求你能不能別提我了。

強烈的求生欲驅使下，陸二傻難得機智了一次：「她現在沒空出來了，週末要陪男朋友。」

易開罐愣了愣。

他確實挺喜歡孟嬰寧的，長得好看，性格也是大大方方招人喜歡的類型，有的時候稍微有點天然呆，特別可愛。

之前聽陸之桓說孟嬰寧沒有男朋友的時候他還挺高興的，本來想先熟悉熟悉，然後再慢慢追。

結果有人捷足先登了。

易開罐嘆了口氣，完全不掩飾臉上的失落：「小嬰寧有男朋友了？」

「嗯，有。」孟嬰寧說完，下意識看了陳妄一眼。

陳妄正在剝葡萄，挺大一顆看起來汁水飽滿，紫黑色的葡萄皮剝掉以後露出裡面綠色的果肉。

陳妄剝完一顆，抬眼，叫她：「寧寧。」

他捏著葡萄：「過來。」

陸之桓：「……」

二胖：「……」

「……」

林靜年本來還挺開心看戲的，結果被這一聲稱呼噁心得雞皮疙瘩都起來了。

孟嬰寧倒是沒什麼震驚的反應，看了他一眼。

哦，吃醋了。

孟嬰寧決定配合他一下，乖乖地跑過去。

陳妄把剝好的葡萄遞給她，她接過來，坐在他坐的那個沙發扶手上吃了。

陳妄問她：「甜嗎？」

孟嬰寧腮幫子動著咀嚼，點點頭。

陳妄伸手，接過她手裡的葡萄皮，手指上還沾了葡萄汁：「還想吃？」

孟嬰寧又點點頭。

陳妄哼笑了一聲：「想吃我就要幫妳剝？」

孟嬰寧眨眨眼：「那你剝不剝？」

「不剝。」陳妄懶洋洋說，抬手又摘了一顆葡萄過來，幫她剝了。

孟嬰寧本來就懶，吃水果不喜歡沾手，吃得開心，並不在乎他是因為什麼忽然就二十四孝好男友了起來，乾脆一顆接一顆的吃。

易開罐是個人精，一看人家男朋友就在這，連忙打了個哈哈又調侃兩句過去了。

孟嬰寧葡萄還沒吃幾個，易開罐就走了，一臉遺憾又低落的樣子，看起來好像還真的挺喜歡她的。

門一關，陸之桓回過神，一臉震驚看向陳妄，緩慢地說：「沒想到妄哥談起戀愛來還有兩幅面孔。」

陸之州嘆了口氣：「平時裝得跟什麼似的，私底下其實是這麼叫狐狸的？」

而且，孟嬰寧還一臉習慣了的樣子。

他們這群從小一起長大的基本有外號的都叫外號，聽起來親切又親密，陳妄不，陳妄從小叫人家女孩都是孟嬰寧三個字，連名帶姓。

非常冷酷無情。

陸之桓：「還幫忙剝葡萄，這葡萄怎麼就不能自己吃了？」

「畢竟好不容易騙到手的，要當女兒寵著。」

陳妄沒理他，垂頭弄手裡剝了一半的葡萄，剝完遞過去。

孟嬰寧被調侃得有點不好意思，沒接，側頭說：「你自己吃吧。」

「最後一個，吃了。」陳妄說。

二胖側著身，看著孟嬰寧接過來，笑呵呵地說：「寧寧，怎麼樣，這葡萄甜嗎？」

「我覺得不怎麼甜吧，」陸之桓接話說，「你聞見這個酸味了沒，都飄了滿屋子了，這還能甜了？」

二胖一本正經地點點頭：「那是挺酸的。」

陸之州悠悠道：「葡萄甜酸不能看葡萄，要看是誰剝的。」

笑翻了一屋子的人，孟嬰寧本來還覺得也沒多不好意思，結果被他們越笑越覺得彆扭。

女孩惱羞成怒，耳根發熱：「你們怎麼這麼煩！」

陳妄從後面看著她白嫩嫩的耳朵又紅了，垂頭笑了笑。

孟嬰寧沒好氣地拍一下他的手。

陳妄收了笑，抽張紙巾擦手，又直了直身子，摟著人往前一勾，傾身：「走嗎？」

孟嬰寧被他手臂一壓，軟趴趴地矮下來：「現在嗎？」
都還沒結束。

「嗯，」陳妄懶懶說，「回去跟我解釋解釋妳那個好哥哥。」

「……」孟嬰寧有點無語。

「坦白從寬，知道嗎？」陳妄勾著她往身前帶了帶，頭湊過去在她耳邊，嗓音壓得很低，「不然把妳的腿打斷。」

孟嬰寧也是愛玩的性子，玩起來開心了不理他，陳妄也就不開心了，說了一聲以後帶著人早退了。

華燈初上，大片的深藍潑墨似的鋪開夜色，這一片都是繁華區，街市亮如白晝。

孟嬰寧一上車坐下就打了個哈欠，明明是休息日，早上還起了個大早去加班，忙到現在有點累了，歪著腦袋靠在車窗上，抬手抹一下眼睛。

到家的時候小睡了一覺，孟嬰寧迷迷糊糊地跟著陳妄進電梯上樓，進屋以後淚眼朦朧的打哈欠：「陳妄，我睏。」

陳妄把車鑰匙往旁邊一丟，進屋，坐進沙發裡：「說說妳那個好哥哥的事？」

孟嬰寧一時間沒反應過來：「什麼好哥哥？」

陳妄哼笑了一聲，看著她。

孟嬰寧走到他面前，慢吞吞地反應過來了：「啊……」

「就是之前出去玩，一起喝酒，就認識了。」孟嬰寧老實地說。

陳妄點點頭：「妳那天喝成那樣，就是跟他？」

「……」

她知道陳妄好像不太喜歡她喝酒，畢竟兩次喝醉了都搧了他巴掌。

但是那難道不是因為他該打？

這可能是她人生中最光榮的時刻了。

孟嬰寧舔了下嘴唇，朝他眨了眨眼睛，遲疑了一下：「唔……」

陳妄神情冷淡：「別撒嬌。」

「……」怎麼還搞得跟真的一樣。

孟嬰寧本來以為他是隨便說說的，結果一回家還真的問上了。

她又打了個哈欠，像個哈欠精附體了，聲音都懶洋洋的：「我跟他又沒什麼，一共也才見過兩次，就是跟阿桓一起出去玩的時候，然後你不是就接我走了嗎？你知道的啊。」

「睏了？」陳妄看著她哈欠連天，說。

「睏，」孟嬰寧想快點結束這個話題，點點頭，朝他伸出兩隻手臂，走過去，往他懷裡鑽：「抱抱。」

陳妄伸手把她抱住，女孩軟軟小小的一團被他抱在懷裡，像隻小狗似的把腦袋埋在他胸膛裡拱了拱，聲音悶悶的：「我今天不想洗澡。」

陳妄低笑了一聲，客廳裡沒開燈，玄關燈光昏黃，黯淡的光線裡他的聲音顯得低沉而寵溺：「那就臭了。」

孟嬰寧抬起頭，仰著腦袋看著他：「我噴了香水。」

她手臂抱著他的腰，往他身上竄了竄：「你聞聞這個味道你喜不喜歡？」

她說著往前湊了湊，白嫩細長的頸子和圓潤耳朵送到他面前。

陳妄黑眸沉了沉，垂頭，含著她耳垂輕輕吮了吮。

毫無預兆，孟嬰寧「啊」的一聲。

「喜歡。」男人沙啞的聲音響在她耳邊，吐息帶著滾燙的熱氣，耳根被燙得發麻。

她身上一直有好聞的香味，甜軟裡帶著一點魅惑，很勾人的味道。

陳妄咬著她的垂耳，低問：「什麼香水？」

孟嬰寧縮在他懷裡，顫了顫，縮著脖子往後躲，聲音聽起來有點可憐：「癢……」

陳妄大手抵著她的背往前按著把人重新撈回來，親了親她的唇角：「哪裡癢啊？」

孟嬰寧臉有些燙，不好意思說話，抓著他腰側衣服的手指收緊，人往前壓了壓。

她坐在他身上，把他壓在沙發裡，仰著小腦袋主動親他。

她學著他之前，含著他的唇輕輕咬了一下，似乎遲疑了一下，然後柔軟的舌尖伸出來，舔著他的唇縫，試探性往裡面鑽了鑽，小心翼翼地碰了碰他的舌尖。

陳妄僵了僵，抱著她的手臂收緊，微抬了下頭，啞著嗓子笑了一聲：「要這麼親嗎？」

「要，」女孩紅著臉大著膽子看他，杏眼明亮，聲音嬌嬌軟軟的，「你親親我。」

暖黃色的光線昏暗，夜色朦朧寂靜，窗外萬家燈火星星點點。

女孩紅著臉大著膽子看他，杏眼明亮，聲音嬌嬌軟軟的，「你親親我。」

陳妄借著玄關一點燈光和窗外月色安靜地瞧了她幾秒，然後脖頸一低，吻了下來。

他手指穿過髮絲扣在她的腦後把她按向自己，緩慢往下，指腹擦過耳後的皮膚。

女孩子耳朵後面和脖頸皮膚都嫩，磨著讓人忍不住縮了縮脖子。

和之前的吻不一樣。

掃進唇縫頂開滑進去，掃蕩過每一寸空隙，勾住女孩有點僵硬的柔軟舌尖，毫不留情的攻陷城池。

孟嬰寧軟著身子仰著腦袋，被他逼得節節敗退，防線一層層崩塌，腦子裡劈哩啪啦炸滿了煙花，意識是模糊的。

客廳裡很安靜，孟嬰寧卻總覺得有嗡嗡的響聲在耳邊不斷放大，孟嬰寧動作生澀，回過神來以後卻十分積極地配合著親他。

陳妄的大手扣在她腦後按著她，女孩半分都動彈不得，只能任由他激烈而粗暴地攪動。予取予奪。

空氣在升溫，他的手指乾燥滾燙。

舌根和舌尖都麻到幾乎沒什麼知覺了，孟嬰寧覺得自己整個人像是沉入了無盡的深海裡，空氣被盡數奪取，缺氧的感覺襲來。

孟嬰寧覺得自己快要被這人憋死了，指尖死死絞著他的襯衫布料。

陳妄溫柔舔了舔她的唇瓣，安撫似的親了親。

兩個人額頭相抵。

孟嬰寧微張著唇，幾乎是貼著他的距離，重新找回新鮮空氣。

男人的氣息滾燙，漆深的眼底是很濃郁的黑，目光勾勒著她的眉眼，從眼睛，到鼻梁、唇角、眉梢。

她的味道還停留在唇齒間，甜的。

像顆清甜飽滿的桃子，一榨，全是汁。

陳妟輕啄了啄她的唇，抬手往她腿上拍了一下：「先下來。」

孟嬰寧沒動。

女孩剛才只有在他懷裡可憐哼唧的份，這時緩過來了，睜著濕漉漉的眼依依不捨地看著他，有點沒親夠：「不親了嗎？」

鼻息和唇齒間都是他的味道，冷冽又厚重，和女孩身上香香的味道完全不一樣。

但卻帶著點能讓人上癮的魔力。

孟嬰寧像小狗似的，鼻尖蹭了蹭聞了聞，聲音還不是那麼的太平穩，黏黏糊糊地說：「想再親親。」

陳妟淡笑了下，抬手，指尖刮蹭一下她的唇角，嗓音有些喑啞：「還這樣親嗎？」

孟嬰寧茫然：「嗯？不行嗎？」

陳妟看著她，緩聲說：「妳說呢。」

「……」

孟嬰寧呆滯了兩秒，大眼睛看著他眨呀眨的，就這麼呆愣愣地看了他好一陣子。

陳妄挑眉，懷疑她是不是已經忘記有什麼反應了。

安靜幾秒，孟嬰寧鬆開抓著他襯衫的手，斜過身子，單手撐著沙發，長襪裹著的一條腿從他面前一點一點蹭過去，慢吞吞地跨過他的腿，和他拉開一點點距離，跪坐在旁邊沙發上一本正經地說：「那還是再親親？」

「……」陳妄好笑的看著她，重複：「還是再親親？」

孟嬰寧咬了咬嘴唇，低下頭，聲音小得幾乎聽不見：「我怎麼都可以的……」

陳妄被她這話惹得額角青筋一跳，槽牙緊咬：「孟嬰寧……」

「我不是像你想的那樣。」孟嬰寧猛地抬起頭，惶惶打斷他。

「我不是，不自愛，」她吞吞吐吐的，有點艱難地說，「因為是你才都可以的……」

她明明羞恥極了，卻特別認真的看著他，漂亮的杏眼裡全是赤誠。

因為是你，所以我怎麼樣都可以。

只要是你想，我就什麼都可以給你。

陳妄看著她，心臟柔軟的塌陷下來，滑落進溫熱的水裡，泡得酸澀發脹。

陳妄嘆了口氣，朝她伸了伸手：「過來。」

孟嬰寧抿著唇，沒動。

過了幾秒，她才動了動，往他那邊挪了一點。

陳妄抬手把她勾過來，女孩輕飄飄的，他輕而易舉把人扯過來抱在懷裡，像抱小孩的姿勢，叫她：「寧寧。」

孟嬰寧任由他抱著，眼睫低垂，沒動。

「我沒有覺得妳那樣，我之前說的都是混蛋話，」陳妄親了親她的眼睛，乾淨而克制的一個吻，帶著憐惜，「妳特別好，也不用為了任何人說那些話，包括我。」

她當時的姿態太委屈。

陳妄聽不得她哭著跟他說那樣的話。

孟嬰寧被他抱在懷裡，小聲說：「跟男朋友為什麼不可以說。」

陳妄頓了頓，說：「可以，但妳最好別。」

孟嬰寧想問他為什麼，動了動，抬起頭。

一動，有點大事不妙，兩個人靠得近，所有動作所有感覺都鮮明。

孟嬰寧僵了僵，到嘴邊的問題咽了回去。

她咽了咽嗓子，整個人有點緊繃。

「明白了？」陳妄看著她，目光暗沉沉的，聲音低沙，「因為男朋友會忍不住。」

孟嬰寧忽然出聲：「啊。」

孟嬰寧看著他，遲疑道：「那要不然就……」

別忍了吧。

「……」

她的話沒說完，意思卻都在裡面了。

陳妄拎著她把人丟進沙發裡，霍然站起身，居高臨下低垂著眼。

孟嬰寧老老實實地坐在沙發裡，仰著腦袋看著他，表情還挺無辜。

並且乖巧。

陳妄腦海裡竄過無數亂七八糟的想法和衝動，想把她壓在沙發裡讓她趴在扶手上哭，邊哭邊啞著嗓子跟他討好求饒。

那畫面太過於生動並且誘人，刺激得連著眼眶都開始一蹦一蹦的跳。

明明純得不行，膽子小的跟個耗子似的，還敢這麼不怕死的撩撥人。

陳妄深吸口氣，平復一下呼吸，轉身頭也不回進了洗手間。

然後「碰」的一聲響，洗手間的門被砸上，等了一陣子，緊接著是浴室玻璃拉門的「嘩啦」一聲被拉上的聲音。

然後水聲響起。

孟嬰寧坐在沙發裡，聽著裡面的水聲，明白過來。

她把腦袋栽進沙發裡，隨手抓過旁邊一個靠枕捂在頭上，哼唧一聲，蹬了蹬腿。

孟嬰寧從來不覺得原來洗澡的時候水聲有這麼大，洗手間的隔音有這麼不好，簡直就像是響在耳邊一樣。

她面紅耳赤地抬起頭來，猶猶豫豫地蹭下沙發，光腳跑到陽臺上，把剛洗過的浴巾拿回來，走到洗手間門口，把浴巾掛在門把手上。

又跑回沙發上坐著。

這下子真的一點睡意都沒有了。

完全不睏了。

精神好得彷彿可以熬個通宵。

孟嬰寧咬著嘴唇看了牆上的鐘一眼，等了好一陣子，從剛開始精神高度集中緊繃到現在覺得稍微有點無聊了，人慢慢放鬆下來。

她抓過茶几上的包，抽出手機，趴在沙發上玩。

剛玩了一局手游，訊息響起來。

孟嬰寧退出手遊。

找她的人是莫北，莫大廚二話不說，先是直接甩了一個網址過來。

孟嬰寧點開了，內容是之前他說的那個古風的比賽。

本來以為只是同好之間弄著玩的，結果沒想到一看，這比賽規模還不小。

她大致掃了規則一眼，是自由選擇主題的，主辦方會出幾個主題，可以從裡面隨便選一個，開放式投票。

再往下看，贏的還有獎金，數目還不小。

孟嬰寧瞬間來了興致，關掉網頁，打了一串驚嘆號過去。

嬰寧：『！！！！！！！』

嬰寧：『我看見我女神了。』

莫大廚：『妳還有女神？』

嬰寧：『有的，就是那個coser，其實也不算女神，就是挺喜歡她的，幾年前她拍過一套花木蘭，是我這輩子見過的最帥的花木蘭。』

孟嬰寧打字：『莫老師看過那套嗎，她就是因為花木蘭紅的！』

莫大廚：『那是我幫她拍的，那時候入行沒多久，拍得很爛。』

孟嬰寧：「……」

行吧，是你厲害。

孟嬰寧拉了個抱枕過來墊著下巴，趴在上面繼續問：『那莫老師想拍哪個主題？』

莫北沒說話，過了一下子，他截了個圖過來，是官網上列的可以選擇的題目，有一個上面畫了個紅圈。

孟嬰寧點開看了一眼——《聊齋．嬰寧》。

孟嬰寧眨眨眼：『咦？』

莫大廚：『是不是還挺符合妳的。』

孟嬰寧：『我想拍帥的，我女神的花木蘭那種，像個將軍。』

莫北：『像戲臺子上背後插滿了flag的老將軍？』

「……」

莫北嗤之以鼻：『還想拍帥的，長成什麼樣妳自己沒點數啊？』

「……」

孟嬰寧真心誠意地說：『莫老師，您以後少跟我們主編待在一起吧。』

會變成刻薄毒舌男一輩子討不著老婆的。

孟嬰寧和莫北敲定主題，又談好了價，兩人說好如果拿到獎金五五分。

孟嬰寧知道莫大廚其實不差這點錢，本來是說獎金全給她的，但孟嬰寧不同意，她覺得不是錢的事，也不能因為她想賺錢就這麼辦。

什麼都定好，陳妄還沒出來，孟嬰寧盤著腿點開手機計算器算一下這一筆能入帳多少，坐在沙發上美滋滋地前前後後來回晃蕩。

她沒注意水聲是什麼時候停的，只聽見洗手間門被打開，陳妄出來。

孟嬰寧笑瞇瞇地抬起頭來：「你用浴巾了嗎？」

「沒看見，」陳妄還穿著剛剛的衣服，長袖長褲，頭上頂著條粉紅色的碎花小毛巾，他按著隨手弄了一把頭髮，搭在旁邊的小方桌上，瞥了她一眼，「幹什麼這麼開心？」

孟嬰寧咧嘴笑，露出一口小白牙：「我賺錢了。」

「不過還沒到手，」孟嬰寧說，「不知道能有多少。」

反正就算沒拿到獎金，莫北給她的也不少，莫大廚確實挺大方的。

她愉快的情緒特別明顯，陳妄看著她笑得傻乎乎的樣子，也跟著勾了勾唇角，哄小孩似的順著她說：「那麼厲害啊？」

「嗯，」孟嬰寧美滋滋地點著計算器，想著這筆錢能幫陳妄添置點什麼，也不知道這人缺什麼，他看起來好像無欲無求的。

孟嬰寧想了想，問他：「你那個車什麼時候能修好啊？」

「不知道。」陳妄說。

「沒事，」孟嬰寧大手一揮，非常豪邁地說，「我不是賺錢了嗎？修不好我買一輛給你，你看我多喜歡你，為了你我都願意傾家蕩產，買個貴的給你。」

她一邊說著一邊擺弄著手機，不知道在幹什麼，劈哩啪啦按了一下子，舉到他面前。

車。

她馬上就要有錢了，連底氣都足了很多：「這個怎麼樣，像不像刷了黃瓜漆的大黃蜂？」

陳妄垂眸看過去，一個二手車買賣網站的手機畫面，上面是一輛螢光綠色的二手國產小金龜車。

售價零點五八萬。

「……」真的好貴。

孟嬰寧越看越覺得這個車讓人滿意。

螢光綠，看起來小清新又很文藝，陳妄本來就是陰沉冷淡的性子，讓他開個絢麗多彩一點的車，能把他不討喜的氣質中和一下。

最關鍵是小巧玲瓏，孟嬰寧想像一下陳妄開著這車穿梭在帝都的大街小巷，停在她公司門口接她下班，忍不住，「噗嗤」一下笑出聲來。

陳妄面無表情，居高臨下看著她。

孟嬰寧眉眼彎彎，盤腿坐在沙發上，笑得像隻偷了腥的小貓：「跟你挺配，反差萌。」

陳妄哼笑了一聲，抬手敲一下她的腦袋：「走了。」

孟嬰寧仰頭：「咦？」

男人轉身往門口走，背影看起來肩寬腰窄腿長，他俯身抬手去拿桌上扔著的車鑰匙，襯衫裏著的背肌撐出輪廓隱約的肌肉線條。

看得有點手癢。

孟嬰寧從沙發上蹦下來：「你這就走了嗎？」

陳妄撩了撩眼皮子：「不然？」

孟嬰寧家兩室，次臥室被她改成了書房，也沒有多餘的床給他睡。

而且本來是挺正經的問句，孟嬰寧也不知道為什麼被他這麼反過來一問，好像她有什麼別的意思似的。

雖然她確實是有的，都這麼晚了，床沒得睡還可以睡沙發……

孟嬰寧「噢」了一聲，顛顛地跟著他跑到玄關門口，靠著鞋櫃仰著頭看著他：「那你明天有什麼安排嗎？」

陳妄頓了頓，「嗯」了一聲，淡聲：「有點事。」

孟嬰寧眨眨眼，反應過來，也沒多問，只點點頭說：「剛好我也有點忙，最近工作太多了。」

孟嬰寧嘆了口氣：「還要存錢買車給你。」

陳妄笑了笑。

女孩平時大大咧咧的什麼都不注意不考慮，有些時候卻意外的敏感。

陳妄垂眸，看著她腦袋頂上那個小小的髮旋，忽然說：「我明天要去一趟福利院。」

孟嬰寧沒想到他會突然跟她交代這個，有點沒反應過來。

「想去嗎？」陳妄問。

孟嬰寧愣了愣：「我嗎？」

陳妄挑眉：「這屋子裡還有別人？」

「噢，」孟嬰寧乖乖地說，「那去。」

她沒問他要去做什麼。

陳妄看了她一下子，忽然生出了想要抱抱她的衝動。

陳妄移開視線，轉身抬手開門：「明天來接妳。」

「欸，」孟嬰寧叫住他，陳妄腳步一頓，回過頭來。

「嗯？」

孟嬰寧直起身走過去，站到他面前，朝他招了招手，神祕兮兮地說：「你低一點。」

陳妄垂頭。

孟嬰寧不是特別滿意，皺眉：「再低一點。」

陳妄傾了傾身，往前湊過來一些。

孟嬰寧抬手，雙手環著他的脖頸，側過頭來，柔軟的唇輕輕親了親他的臉，蜻蜓點水似的。

他身上有好聞的沐浴乳味，是她的，淡淡甜香讓他整個人顯得溫柔而柔軟。

孟嬰寧不好意思地垂著眼睫，很小聲在他耳邊說：「這個是晚安吻，一般都是男朋友來的。」

女孩的聲音軟糯，還有點小哀怨：「但你不主動，就只能換我來了。」

在之前那樣的親密以後，她這若有似無觸碰似的吻顯得有些微不足道，純粹乾淨，不染欲念，完全可以忽略不計的一個吻。

卻莫名讓人心裡一軟。

比欲望燃燒時還要動人。

陳妄到家的時候挺晚了，舊社區黑得早，夜色裡每一戶都被切割成一個個小小的方塊，社區大樓一片漆黑，偶爾有幾盞燈零零星星的亮著，與周圍的黑暗分割出涇渭分明的明亮色塊。

車鑰匙丟在桌上，手機在口袋裡開始震。

陳妄抽出來看了來電顯示一眼，接起來：「嗯。」

『陳妄你要不要臉，我本來以為你是真的找了個小女朋友，結果你是他媽騙我的？』剛接起來，林賀然劈頭蓋臉地說，『還你老婆，你快歇歇吧，我老婆還是瑪麗蓮夢露呢！』

他劈哩叭啦說了一長串，陳妄一個字都沒聽懂，一隻手拿著手機進廚房拉開冰箱門，抽了罐啤酒出來，食指勾開，回身踢上冰箱門往外走：「你被湯城下降頭了？」

『我被下個屁的降頭，我對你很失望，陳妄，單身快三十年的人了還挺能癡心妄想，』林賀然說著，竟然還覺得有點可憐，很同情地說，『沒事，老陳，老婆以後會有的。』

陳妄心道：傻子。

他拿著啤酒走回客廳坐進沙發裡：「怎麼樣？」

『這膨大海叫黃建華，四十二，幾年前跟他老婆離婚了，但是還住一起，有一個十多歲的兒子，以前在物流配貨站開車，據說過得挺拮据的，這兩年突然就好起來了，應該就是那個時候跟著湯城，可能也沒少幹髒事，』林賀然那邊有紙張翻動的聲音，嘖嘖說，『月月都匯錢給老婆、孩子，數目還不小，挺顧家。』

陳妄沒說話。

『我今天去的時候他家沒人，都是鄰居跟我說的，明天早上我再去一趟吧。』林賀然繼續說。

「晚點去吧。」陳妄淡聲說。

林賀然沒聽懂：『嗯？』

「他不是有個兒子？」陳妄說。

『是啊，好像今年上國一。』

陳妄傾身，把空了的啤酒罐放在茶几上，易開罐碰到玻璃面發出很輕微的聲響：「避著點，小孩也沒做錯什麼，才十幾歲就沒爸，再知道他爸是幹什麼的，打擊太大。」

沒辦法選擇自己的出身，也沒辦法選擇自己的父母。

父親犯的錯跟孩子又有什麼關係，十幾歲的年紀，還正是懵懂的緩慢摸索著這個世界，建立價值觀的時候，這種殘忍的事實會產生什麼樣的影響不言而喻。

一定不會是正面的。

我的父親是個罪犯。

我是壞人的兒子。

林賀然沉默了好半天，才緩聲開口：『行。』

他清了清嗓子：『我明白，陳隊。』

陳妄笑了一聲，懶洋洋說：「別，我不是無業遊民嗎？」

『是啊，』林賀然反應過來，恍惚道，『我他媽現在才是林隊啊……』

林賀然嘆了口氣，聲音低了低，『唉，你這人有的時候真是讓人……』

不服不行。

明明看起來好像血都是冷的。

骨子裡卻也有幾不可查的溫柔。

孟嬰寧接到陳妄電話的時候人還埋在被窩裡，秋天天氣轉冷，昨夜淅淅瀝瀝下了場雨，溫度又被澆下去一層。

開暖氣的日子也還沒到，清晨一醒，被窩外面的世界讓人有點不太想接觸。

她整個人裹在厚厚的被子裡，只露出了一個腦門，聽著床頭手機不停的震，從被子裡慢吞吞地伸出來半截藕段似的白皙手臂，摸索著抓起手機，又重新收回被窩裡。

「喂……」她的聲音帶著睏倦睡意。

『起床。』男人冷酷無情的說。

孟嬰寧瞇縫著眼睛開一點，拿起手機看了一眼時間，七點。

好不容易的週末，孟嬰寧不知道自己為什麼要七點起床。

她重新把手機放在耳邊，哼唧兩聲，黏黏糊糊說：「才七點……」

陳妄那邊很靜：『不是妳說要跟我去的？』

「可是你也沒說要這麼早。」孟嬰寧不太開心地說。

『我到妳家樓下了，』孟嬰寧聽到電話那頭砰的一聲車門關門聲，然後緊接著，玄關處的門鈴開始叮咚響，『開門。』

孟嬰寧撇撇嘴，掛了電話打了個哈欠，腦袋終於從被子裡探出來，有點冷，她又縮回被窩。門鈴又響了一聲。

孟嬰寧開始後悔了，昨天就不應該說要和他一起的。

男朋友這東西和週末睡到自然醒比起來竟然一文不值。

她不情不願地爬下床，隨手抓過床角沙發上堆著的珊瑚絨小毯子披在身上，走到門口拿起電話按了開鎖，又打開防盜門，閉著眼睛垂頭喪氣地站在門口。

沒多久，電梯叮咚一聲響起，孟嬰寧睜開眼，看見陳妄進來，回手關上門，轉過頭來。

女孩穿了件藕粉色的吊帶棉睡裙，身上搭著個粉紅色的珊瑚絨小毯子披在肩頭，脖頸蜿蜒著往下是白皙胸口，圓潤柔軟的弧度隱匿在睡衣邊緣。

臉蛋睡得紅撲撲的，杏眼水潤，還帶著朦朧的睡意，眼角有點紅。

她光著腳，瑩嫩的小腳踩在深色的地板上白得有些刺眼，她似乎覺得有些冷，圓潤的腳趾頭一顆顆蜷在一起。

孟嬰寧無精打采地看了他一眼，像個確認是主人回來的小貓，懶懶地掃了一眼以後就不理他了，披著小毯子又蹬蹬蹬跑回臥室。

陳妄跟著她進去，推開虛掩的臥室門，毯子已經被她扔在地上，床上被子裡鼓著小小一團，只能看見枕頭上散著的一團黑髮。

陳安走過去，隔著被子拍了拍她的屁股：「起來。」

被子裡的團團不情不願地蠕動了一下。

陳安的聲音有些冷：「孟嬰寧，十點了。」

「……」孟嬰寧在被子裡拱了拱，拽著被邊一把掀開來，撲騰著坐起身，有點不滿的瞪著他：「你怎麼跟我媽一樣，明明才七點就說十點了該起床，晚上十點又說十二點了你還不睡。」

陳安站在床邊，垂眼看著她。

她剛剛在被子裡亂拱，睡衣肩帶滑落肩頭，要掉不掉地掛在肩膀上，鎖骨連著肩線的線條很漂亮。

陳安俯身，一手撐著床邊，另一隻手抬起來，食指勾著肩帶撥回肩頭，然後垂頭親了親她的唇角：「早安吻。」

孟嬰寧含含糊糊地「唔？」了一聲。

陳安瞧著她睡得迷迷糊糊的樣子，低笑：「這次算我主動了嗎？」

福利院。

孟嬰寧從來沒來過福利院，上國中的時候學校倒是留過那種寒暑假社會實踐作業去過一次，但是已經記不清楚了。

陳妄帶她進來的時候她還挺緊張的，扯著他的手抿著唇打量了一圈。

之前經常會看到新聞說好多福利院的環境都很差，老師還會虐待小孩，這家倒是環境很好，建築的風格乾淨典雅，漆白的牆紅的磚面，大片的綠化花園蜿蜒著穿過一條青石板鋪成的小路。

再往前走一進去一段，是個大花園，兩邊建著小孩能玩的玩具和器材，小朋友三三兩兩聚在一堆，或者成群結隊，玩跳橡皮筋或者拿著小粉筆頭在地上畫畫。

孟嬰寧跟著陳妄往前走，有些小朋友注意到他們，手上的遊戲停了，好奇地轉過頭來。

孟嬰寧拽著陳妄的手，拉了拉，低聲叫他：「陳妄。」

陳妄微微側頭：「嗯？」

孟嬰寧剛要說話。

不遠處長廊下忽然竄出一道黑色的小小人影，速度很快地蹦蹦跳跳跑到他們面前。

兩人腳步一頓。

孟嬰寧還沒反應過來。

那小孩像一枚小子彈似的，已經撲過來了，肉呼呼的短短手臂緊緊地抱住陳妄的腿。

「爸爸！」小男孩奶聲奶氣地說。

孟嬰寧：「……」

孟嬰寧：？

# 第十八章　陳妄爸爸

福利院負責接待人員來的時候，陳妄已經把小男孩抱起來了，看起來兩、三歲大的小朋友，走路還跌跌撞撞的，此時坐在男人手臂上緊緊抱著他的脖子，肉呼呼的小臉上沒什麼表情。

孟嬰寧站在旁邊，震驚的表情一時間沒來得及收回來。

直到跟著接待的志工進了接待室，兩人坐在沙發上，陳妄把小孩放下來。

小男孩乖巧地靠著陳妄的腿站著，緊張地揪著他的手，好奇地看旁邊的孟嬰寧。

孟嬰寧從震驚的情緒裡回過神，也歪著腦袋看著他。

和陳妄長得好像也沒有哪裡像……圓溜溜的大眼睛像兩顆葡萄，挺漂亮秀氣的小孩。

小男孩和她的視線對上，不好意思地把腦袋埋進陳妄懷裡，動作很熟練，確實看起來和他很親近。

孟嬰寧的表情有些僵硬，抬腳，狠狠地踩了陳妄一腳。

男人「嘶」了一聲，轉過頭，直接接觸到女孩「你給我坦白從寬抗拒從嚴」的眼神：「你兒子？」

陳妄勾勾唇，淡淡應了一聲：「啊。」

孟嬰寧看著他，好半天都無法做出任何表情來，腦子裡此時的想法和問題太多，一時間竟然不知道該先挑哪個開始問。

算起來陳妄今年虛歲二十九，雖然孟嬰寧並不覺得他以前會沒談過戀愛，快三十的人沒談過戀愛想想有多恐怖。

但是也僅限於談個戀愛而已了，再深層次一點的發展，孟嬰寧根本想也沒想過。

以至於今天這個情況讓她的大腦轉速有點慢，反應開始遲鈍，而且這個孩子跟陳妄確實是很親近。

看起來三歲多的小朋友，往前數個三年就是他二十五、二十六的時候，也沒什麼不可能。

畢竟十年沒見，這十年對方就算是結了婚又離了，好像也都有可能。

也不知道軍婚能不能離婚……

腦子裡亂七八糟的情節拍電影似的過了一遍，恍惚之間孟嬰寧竟然還真的有點相信了。

過了好幾秒，她才慢吞吞地，有點呆滯地「啊」了一聲，掙扎著說：「跟你長得不像啊……」

陳妄也想了想：「可能像媽媽吧。」

「……」

孟嬰寧覺得他這話理解起來有些艱難：「什麼叫可能像媽媽？吧？你沒見過他媽媽嗎？」

「見過兩次。」陳妄輕描淡寫地說。

「……」

孟嬰寧一臉震驚地看著他：「只見過兩次？」

見過兩次，孩子都有了。

「那你的效率可真是高……」孟嬰寧有些恍惚地說。

陳妄沒什麼表情地看著她，唇角略一抿。

「沒想到我竟然還能有喜當媽的一天……我覺得我之前給你看的那個二手車應該買給自己，」孟嬰寧的神情依然恍惚，還沒回過神來，喃喃道，「螢光綠，多適合我的顏色……還便宜，才五千八……」

「……」

陳妄忍不住，往沙發裡一靠，開始笑，肩膀一抖一抖的。

腦袋埋進他懷裡的小男孩抬起頭，歪著腦袋，肉呼呼的小臉上滿是茫然。

孟嬰寧直接被他笑清醒了。

孟嬰寧終於回過神，面無表情地看著他。

陳妄手肘搭在沙發靠背上，垂頭笑：「妳怎麼什麼都信？」

「我……」孟嬰寧瞪著他，「我怎麼知道你這幾年在外面都幹過什麼，你都這麼大歲數了，有個小孩不也挺正常的，而且我沒信好不好，我只是稍微有點……」

陳妄挑眉：「有點什麼啊？」

孟嬰寧聲音低了低：「虛……萬一呢……」

陳妄坐直身，把小男孩抱到腿上坐著，說：「戰友的小孩。」

孟嬰寧「啊」了一聲。

男孩子乖乖巧巧地坐在他腿上咬指頭，一邊咬一邊偷偷看孟嬰寧，似乎對她很好奇。

除了最開始的那一聲爸爸以後一句話都沒說過，安安靜靜的樣子，像個白嫩嫩的小包子。

孟嬰寧遲疑：「那他爸爸是犧牲了嗎……」

陳妄沉默，「嗯」了一聲。

孟嬰寧有點難受。

才這麼小的小朋友，還不知道什麼是生老病死，不知道什麼是離別。

孟嬰寧被他濕漉漉的眼睛瞧著，心裡軟軟的，又心疼。

她遲疑抬手，小心翼翼地摸了摸他的腦袋。

小男孩沒躲，只是微微瑟縮一下，水靈靈的眼怯怯地看著她，然後人往前一點，用小腦袋蹭了蹭她的掌心。

孟嬰寧的心都融化了，微傾過身問他：「我抱抱你，可以嗎？」

小男孩遲疑，最後點點頭，朝她伸出肉呼呼的小手臂。

孟嬰寧把他抱過來。

小朋友軟軟香香一團縮在她懷裡，悶悶地叫她：「媽媽。」

「……」

孟嬰寧僵了一下，意外又有點不知所措的樣子看向陳妄：「他這麼叫我……」

她抬起頭，正對上他的目光，男人專注地看著她，神情沉默而溫柔。

孟嬰寧被他這樣的眼神看得心念一動。

突然想要被他親一下。

孟嬰寧的臉莫名紅了。

陳妄才低聲說：「他喜歡的人，都會這麼叫。」

「啊，」孟嬰寧還想著被他親一下的事情，勉強回神問，「那他媽媽呢？」

陳妄頓了頓。

半晌，才淡淡道：「不知道。」

「我回來的時候，不知道有這個孩子，他……」陳妄頓了頓，聲音有些啞，「我戰友那時候只跟我說，他訂了婚。」

那時候他們坐在車後廂，男人眉目俊朗，平時話也不多，看起來很正經認真的一個人，笑起來卻有個酒窩，有些靦腆的樣子，跟他說他要結婚了，申請表已經過了，這次任務回去就登記。

他當時笑著調侃，說恭喜，以後嬌妻在側，有人等著你回家了。

結果卻再也沒等到。

易陽犧牲的消息還是陳妄帶過去的。

女人當時已經顯懷了，站在門口茫然的看著他，完全沒有反應過來他在說什麼。

她手扶著肚子站著，表情是空白和平靜，沒有什麼崩潰的歇斯底里，也沒有痛哭流涕，甚至一句話都沒有說。

然後毫無預兆的，眼淚溢出眼眶，安靜地滑過蒼白的臉。

無聲無息。

陳妄那時候聽見陸之州在他身邊嘆息說：「弟妹，你想哭就哭出來，別這麼憋著。」

女人的聲音是抖的，卻很平靜：「我不能哭。」

她垂下頭，溫柔的撫摸著隆起的小腹，柔聲說：「我不能有太大的情緒波動，醫生說寶寶現在大了，他會知道的，會跟著媽媽難過。」

陳妄父母的感情很差，從有記憶起對母親的印象就很稀薄，他小時候很少跟母親說話，甚至連面都見不到幾次，更別說什麼是母愛。

後來父母離婚，他跟著老陳搬家，陳想跟著媽媽走了，除了剛搬走那幾年陳妄過年會去外婆家看看，十幾年再也沒見過。

那是陳妄第一次親眼見到什麼是為母則剛。

也沒想到就是這樣的女人，會在孩子出生第三天從醫院裡澈底消失，只留下一個包在被子裡的嬰兒，從此銷聲匿跡。

「她一定很絕望。」孟嬰寧紅著眼睛，垂頭看著不停地往自己懷裡拱，像個小奶貓似的蹭來蹭去的小團子，鼻尖發酸，「但是，怎麼能拋棄自己的孩子……」

她一定是很愛他的，怎麼能忍心就這麼不要他們的孩子了。

陳妄嘆了口氣，抬手揉了揉她的腦袋：「我跟妳說這個是讓妳哭的？」

「那你跟我說這個幹什麼，」孟嬰寧抬手，蹭了一把眼睛，「你有沒有考慮過帶著他。」

「也考慮過，但沒時間，也帶不好，」陳妄說，「我一個大老爺們，自己都過成這樣，讓他跟著我還不如幫他找一個好家庭。」

剛剛福利院的志工也說了，這樣的小朋友其實挺好找領養家庭的，長得可愛，性格乖巧，也沒有什麼身體缺陷，會有很多家庭喜歡。

就是不愛說話，有的時候好幾天，一句話都不會說，問他什麼問題只用乾淨的眼睛看著你。

孟嬰寧斜他，怪腔怪調地說：「是的呢，你本來連女朋友都不願意找。」

陳妄看著她，「嘖」了一聲：「妳這是開始翻舊帳了啊？」

「這還叫舊帳？這是嶄新嶄新的帳！」孟嬰寧說，「怎麼，不能翻了？你嫌我煩了是不是？」

「能，隨便翻，」陳妄長腿一伸，「我是怕妳翻多了自己氣到自己。」

「……」孟嬰寧被噎住了。

這狗男人最近越來越會了。

孟嬰寧撇撇嘴，不理他了，逗懷裡的小孩玩。

等了一陣子，接待室的門被推開，福利院副院長笑著進來：「聽說你來了，之前每次都是小陸一個人過來，我還覺得挺新奇的，趕緊過來看看。」

陳妄聽出來副院長話裡的意思，笑了笑，道了個歉：「前段時間有點忙。」

副院長也沒拆穿他，問道：「今天小陸怎麼沒來？」

「他休假應該會過來。」

副院長在對面坐下，看到孟嬰寧懷裡抱著的孩子，似乎是有點詫異，笑著說：「帶女朋友來了？」

「嗯。」

「我看小安倒是喜歡她，」副院長笑著繼續道，「之前好幾家都挺喜歡他的，也有那個意向，結果第一次見面的人別說讓抱著，話都不跟人家說。」

懷裡的小糰子似乎是知道他們在說他，抱著孟嬰寧的脖子抬起頭，眨著眼睛，小腦袋一歪，靠在孟嬰寧胸口，軟糯糯地說：「媽媽。」

他的動作很依賴，孟嬰寧垂頭親了親他軟軟的頭髮，想起之前陳妄說他喜歡的人都會叫媽媽，問道：「寶貝還有別的媽媽嗎？」

小男孩搖搖頭，指了指副院長，奶聲奶氣地說：「這個是太太。」

孟嬰寧樂了，這種唯一的感覺讓她還挺開心的：「那爸爸呢？」

小男孩皺著眉，認真的思考了一下，然後說：「兩個爸爸，州州爸爸。」

孟嬰寧愣了一下，才反應過來他說的是誰。

副院長聽著，湊過來逗他：「長安啊，你看你現在只有一個媽媽，也就只能有一個爸爸，陳妟爸爸和州州爸爸你只能選一個。」

小男孩眨了眨眼。

副院長側頭看了陳妟一眼，男人靠坐在沙發裡，神情鬆懶，甚至唇邊還勾著點笑。

看起來挺自信。

也不知道是哪來的自信。

副院長想著他把孩子送來以後幾個月沒來過，次次都是陸之州一個人來，頓時不是那麼樂意，來了點興致，特地指著孟嬰寧說：「這個是媽媽。」

小朋友點點頭，副院長於是頓了頓，繼續問：「那你喜歡誰來當爸爸？」

「州州爸爸。」小朋友毫不猶豫地說。

光速站了ＣＰ。

陳妟：「……」

陳妟當年把易長安抱回來的時候這小孩才一丁點大，再後來小包子會說的第一句話就是朝著他喊爸爸，名字也是他取的。

他本來還挺有信心，覺得小朋友肯定是跟他更親一點。

雖然陸之州這人比較老奸巨猾，從小到大小孩都跟他好，就連孟嬰寧小時候都愛跟著他。

想到這，陳妄又覺得有點悶。

但陳妄跟長安是很好的。

他是爸爸，陸之州都還只是州州爸爸。

陳妄挺自信的，就等著小傢伙點自己的名。

結果沒想到，這個小崽子竟然胳膊往外拐，扯著他的女人跟別的男人拉郎配去了。

陳妄唇角一壓，那點散漫的笑意瞬間就沒了，他從沙發裡慢吞吞地坐直了身，前傾，側頭，看著禍從口出的小男孩，聲音平靜：「你再說一遍，喜歡誰？」

男人的五官本就凌厲深邃，臉這麼一板，又帶上了幾分肅冷。

看起來太凶了。

小長安現在有靠山了，被這麼一說，瞬間癟著嘴巴，不說話，摟著孟嬰寧的脖子往她身上蹭。

孟嬰寧頓時母愛氾濫，抱著小糰子瞪他，又有點好笑：「你好凶啊，你怎麼跟小孩計較。」

小長安聽明白孟嬰寧是向著他的，乾脆順杆子往上爬，小臉貼在孟嬰寧胸口，拚命往她懷裡又蹭又鑽，還一臉委屈的樣子。

「……」

看得陳妄心裡有點煩。

年紀小就能隨便吃豆腐了？

他都沒這麼摟著蹭過。

上一秒陳妄看著孟嬰寧抱著小孩坐在他旁邊心裡還覺得挺軟的，現在又恨不得把他提起來。

陳妄看著小男孩，認認真真地和他計較，說：「這是我老婆，」他指著孟嬰寧，「媽媽。」

又指指自己：「爸爸，不能是別人，明白嗎？」

小男孩眨兩下眼，似懂非懂的樣子。

陳妄耐著性子，跟他說：「來，再說一遍，長安喜歡誰當爸爸？」

孟嬰寧：「……」

男人難得幼稚的模樣，看得她覺得有點好笑。

小長安其實心裡還是更喜歡陳妄的，畢竟比起陸之州，他跟陳妄接觸的時間更長，只是回帝一連幾個月，陳妄都沒有來看過他。

每次都是陸之州一個人來。

小朋友也是有脾氣的，他也很喜歡州州爸爸過來，但是還是會有點難過。

小長安知道陳妄喜歡他，有的時候睡醒會看到他站在床邊看著他，小朋友看不懂那麼多情緒，但是心思卻敏感，只是很單純的覺得他的眼神有點難過。

小朋友猶豫一下，小聲說：「那長安說了的話，以後也會有爸爸、媽媽了嗎？」

陳妄一頓。

孟嬰寧愣了愣，眼睛一下子就又紅了。

三、四歲大的小男孩已經很會察言觀色了，看了她一眼以後垂下腦袋，安慰似的輕輕拽了拽她的手指，糯糯地說：「沒有也沒事，大家也都沒有爸爸、媽媽，我其實也不想要新的爸爸、媽媽，我不想走，我想跟著太太。」

小朋友從來沒說過這麼多話，副院長走過去，把他抱在懷裡，有些哽咽：「好，長安就一直跟著太太。」

孟嬰寧跟著陳妄一直待到傍晚才走，下午的時候孟嬰寧一直在陪著小朋友在活動室玩。

這家福利院條件確實好，有好幾個很大的活動室，孟嬰寧坐在地墊上陪易長安拚積木，一邊和旁邊的義工聊天。

「這裡的小朋友大多是有點問題的，先天性有缺陷，父母就扔了，輕的也還好，做手術能矯正回來，有些根本治不了，」義工嘆了口氣，「這樣的小孩也不好找新的家庭，哪個家庭想帶回這樣的。」

義工的聲音很輕，怕周圍的小朋友聽見，孟嬰寧安靜地聽著，視線落在不遠處一個長得很漂亮的小女孩身上。

她看起來也很小，坐在角落裡玩一個破破舊舊的娃娃，膝蓋以下的褲管空空的。

「長安其實是很好被領養的，之前好幾家都想領他，他都不願意，」義工繼續說，「是捨不得小陳和小陸呢，之前偷偷問我呢，如果有了新的爸爸、媽媽，以後是不是就看不見爸爸了。」

孟嬰寧看著不遠處撅著屁股搭積木的小孩，垂頭揉了下鼻子，沒說話。

出來的時候雲霞漫天，暖色的陽光薄薄一層從天邊斜著刷下來一層層的紅，染透了深秋的葉，福利院這邊位置相對比較偏僻，路上車流稀少，也沒什麼人。

孟嬰寧跟著陳妄往外走，安安靜靜的樣子，有點走神。

陳妄側頭看了她一眼，沒說話，只是抬手捉住她的手。

女孩的手軟軟嫩嫩的，握在手裡輕飄飄的，都不敢用力。

陳妄輕輕地捏了捏她的指尖。

孟嬰寧回神，手指曲了曲，乖乖地任由他牽著：「餓了。」

陳妄隨手按車鑰匙：「走。」

孟嬰寧爬上副駕駛座，拉了安全帶幫自己扣上，就斜歪著身子靠在車門上，懶洋洋地垂著眼睛，不知道在想些什麼。

陳妄側眸看了她一眼。

女孩的睫毛很長，這麼一垂，細細密密地刷下來一層，夕陽下毛絨絨的，看得人心癢癢。

陳妄把車門落鎖，一聲輕響。

孟嬰寧有點懶，特別喜歡靠著車門坐，之前他剛回來，孟嬰寧坐後座，也是一上車就往車門上斜歪歪一靠，跟沒骨頭似的。

不過今天有心事。

直到車子開出兩條街，孟嬰寧才叫了他一聲：「陳妄。」

陳妄打了個方向燈：「嗯？」

「我們會結婚嗎？」孟嬰寧低垂著頭，玩著手指，有點心不在焉地問。

陳妄整個人一滯。

半晌，他緩慢轉過頭來，看著她，沒說話。

孟嬰寧半天沒得到他的回應，也抬起頭來，視線和他撞上，愣了愣。

男人的眸色很深，看著她的目光沉沉的，有種莫名的意味。

孟嬰寧被他這個盯著，慢吞吞地回過神來，張了張嘴：「啊。」

陳妄挑眉：「反應過來了？」

她剛剛一直想著那個乖乖巧巧的小包子，沒多想別的，只是覺得如果以後會跟陳妄結婚的話，那到時候就把小朋友接回來，也挺好的。

想著想著就問出來了，也沒過腦子。

孟嬰寧的耳朵有點熱，撲騰著坐直了點：「我不是那個意思！」

「不是哪個意思？」陳妄淡聲問。

「就是，不是要跟你結婚的意思。」孟嬰寧別開眼，支支吾吾地說。

這戀愛才談了幾天？

親親都只正經親了一次！

雖然結了……也還挺好的，或者就先訂個婚見個家長什麼的，就可以住在一起了……

孟嬰寧的腦子梗住了，羞恥地抬手捂住了半張臉，有點唾棄這樣的自己。

陳妄不知道她在想什麼，就看著這女孩小臉一下子紅一下子白的，那句「不跟你結婚」倒是說得很堅定，擲地有聲。

陳妄低緩問：「不跟我，妳想跟誰？」

「……」

你是不是給我下套呢？

孟嬰寧抬起頭來。

「陸之州嗎？」陳妄哼笑了一聲，「你們是般配，從小到大身邊的人全以為你們是一對，連小孩都這麼覺得。」

孟嬰寧這麼一想，從小到大大家看她和陸之州的反應還真的是這樣，也不知道是為什麼。

孟嬰寧納悶道：「好像還真的是這麼回事？」

陳妄唇角一垂，笑容瞬間沒了：「那我難道是個第三者？」

「……」孟嬰寧覺得陳妄對自己太狠了，哪有這麼說自己的：「我跟之州哥本來就沒什麼呀。」

陳妄平緩繼續道：「妳跟妳的之州哥哥青梅竹馬，結果小女孩長大了，被我橫插一腳。」

「……」孟嬰寧一時間不知道該怎麼接話，乾巴巴地說：「也是沒有辦法的事……」

「沒有辦法，」陳妄點點頭，「連孩子都有了，妳是媽媽，陸之州是爸爸。」

「……」

陳妄表情淡淡：「我這是橫刀奪愛。」

「……」孟嬰寧這下是真不知道該說些什麼好了，心道你真是太酸了，連兄弟的醋都吃。

孟嬰寧原本以為陳妄帶她去下館子吃飯，結果一個小時後，車子駛進藝術園區，停進公共停車場。

孟嬰寧跟著下車，本來以為是這邊有什麼餐廳，跟著陳妄往前走，結果到了之前她來的那家理髮店門口。

孟嬰寧眨眨眼，想起之前她怕自己喝醉了說漏了嘴，特地問了陸之州陳妄在哪，跑過來一趟。

其實有沒有說漏這個事，打個電話、傳訊息怎麼不能問，就只是因為想見他而已……

還找了個那麼蹩腳的藉口，沒事大老遠跑過來剪什麼瀏海……

孟嬰寧垂著腦袋，有點不好意思，還是開口：「你要剪頭髮嗎？」

陳妄側頭看了她一眼，表情有些冷，看起來不是很高興的樣子。

他沒說什麼，推門進去了。

裡面還是孟嬰寧上次來的樣子，只是東西看起來比上次多了點，旁邊架子上擺滿了造型奇異的金屬擺飾和綠植。

一個女生正翹著二郎腿懶洋洋坐在沙發裡，穿著一身設計感很抽象的黑灰色衣服，淺紫色的長髮，五官張揚而立體。

她正在玩手機，嘴裡叼著根菸，聽見動靜抬了抬眼，看見陳妄，跟沒看見似的，又繼續玩手機。

下一秒，她一頓，再次抬起頭。

站在門口的高大男人身後冒出來一顆圓溜溜的小腦袋，那顆小腦袋的主人細細的手指拽著男人衣袖，躲在他後面只露了半個身子，有點好奇的看著她。

一個漂亮女孩。

一個扒在陳妄身上的漂亮女孩。

我！靠！

陳想竭力壓下心裡的激動之情，看著她，緩緩放下手機，翹起來的二郎腿收了回去，然後直起身，手裡抽了一半的菸輾進手邊的菸灰缸裡。

陳想略想了一下，清了清嗓子，聲音很磁性：「歡迎光臨？」

孟嬰寧跟她打了個招呼。

她知道這個應該是陳妄的熟人，但也不知道兩人到底是什麼關係，陳妄拽著她的手腕把人從身後拉出來，回手關門進屋。

兩人才剛進來，還沒來得及介紹，從裡間竄出來一隻貓，圍著陳妄腳邊蹭了蹭，喵喵叫了兩聲，又抬起頭，看著陳妄叫。

孟嬰寧從小就喜歡貓，看見以後有點驚喜，垂著腦袋瞅著牠。

那貓不是什麼品種貓，甚至長得不是太好看，但是被養得挺好的，抬起頭來對著他們叫，長得有點凶，看起來非常霸道。

孟嬰寧覺得這貓看起來好像有些眼熟，又說不上來，可能野貓都長這樣。

陳想觀察她一下子，看著她的表情，說：「喜歡貓？」

孟嬰寧抬起頭來，點點頭：「嗯。」

陳想略一歪頭，她畫了很重的妝，五官看起來攻擊性很足：「家裡也養嗎？」

孟嬰寧搖了搖頭：「沒什麼時間。」

陳想笑了笑：「挺省事的，這貓也不是我的，」她朝陳妄抬了抬下巴，「幫他養了好多年了，除了掉毛和鏟屎比較煩。」

孟嬰寧愣了愣，忽然想起很多年前，她在外地讀大學的時候，陸之桓說的。

陳妄那次帶了個女孩，看起來很親密，長得很成熟漂亮，兩人還一起養了隻貓。

啊，就是她。

孟嬰寧抿了抿唇，沒接話。

陳想沒注意到，繼續說：「而且陳妄這人真的很土，還幫這貓取名叫咪咪。」

孟嬰寧愣了愣，抬起頭來看向陳妄。

孟嬰寧小聲說：「你這個貓也叫咪咪嗎？」

她小時候撿到的那隻小貓，也偷偷取了名字叫咪咪。

後來那個養寵物的小遊戲機裡養的電子小貓，也叫這個的。

陳妄垂眸：「十隻貓九隻不都叫這個嗎？」

孟嬰寧想想，好像也是。

她一抬頭，直直碰上了沙發上的女人的視線，意味深長地，目不轉睛地盯著她看，盯得她有點發毛。

就在孟嬰寧覺得自己快要被她盯漏了的時候，門鈴終於又是叮鈴一聲響，一個男人進來，應該是客人。

女人的目光才終於從她臉上移開，看了時間一眼，站起身來。

孟嬰寧鬆了口氣，看著那男人走過去，兩人一邊往裡走一邊說話，女人懶懶說：「你這個圖挺簡單的，都不用轉印，我直接上手就可以，但是我話說得直你別介意，我覺得有點俗，挺爛大街的，你確定要這個我也能幫你做，要是想要特別點的，我畫一個跟這個風格差不多的給你，你看看想怎麼弄。」

孟嬰寧聽得一愣一愣的，不明白現在做個頭髮還要畫什麼圖。

現在理個髮還要轉印？

她想問問陳妄，結果男人理都沒理她，直接上了樓。

孟嬰寧也跟著他上去，樓上外面是一整個的開放空間，角落裡兩個房間，牆邊立著一排排架子，上面擺著些顏料之類的瓶瓶罐罐，旁邊幾張刺青椅，對面的一整面牆全都是各種刺青的圖案。

孟嬰寧終於反應過來這是什麼店。

而她之前竟然跟陳妄說她來找 Tony 剪個瀏海。

她訕訕回頭：「這是做刺青的店啊。」

陳妄坐到旁邊一張刺青椅裡，看著她。

孟嬰寧等了好半天，他也沒回應。

這個狗在車上就一直冷著臉，跟他說什麼都不冷不熱的。

她都還沒問他跟別的女人養一隻貓還帶她來看是怎麼回事！

這人先擺起臉色了！

孟嬰寧也有點煩，想說話，又覺得在外面吵起來不太好，乾脆不理他了，蹬蹬蹬跑到另一頭沙發裡坐著玩手機。

兩人一人占著一頭，遙遙相隔，陳妄就看著她，好半天，才說：「妳離那麼遠幹什麼？」

孟嬰寧這次也不想服軟，低頭玩手機，跟沒聽見似的。

看都不看他一眼。

陳妄起身走過來。

孟嬰寧的視線定在手機螢幕上，動也不動，餘光掃見他靠近，光線一點點被高大身軀遮擋，然後居高臨下站在她面前。

孟嬰寧硬著頭皮，死活不抬頭。

陳妄忽然俯身，壓低身子湊近了看著她，嘆了口氣：「妳要氣死我嗎？」

孟嬰寧拿著手機的手垂下來，依然低著眼：「我哪裡氣你。」

「妳哪裡沒氣我，」陳妄低聲說，「妳就不能跟我說句好聽的？」

「我怎麼沒跟你說好聽的？」孟嬰寧有點炸毛，抬起頭，往後靠了靠和他拉開距離，「我這一路上都在跟你說話，不理我的人是不是你？」

孟嬰寧瞪著他，聲音拔高了點，語速很快地說：「你帶我來這個不知道什麼地方給我看你跟別人養的貓我也沒發火，你一直冷著臉不理我，還惡人先告狀？」

陳妄「嘖」了一聲，單手往前撐著沙發前傾把她拉開的距離又拉回來了，看著她，嗓音低沉：「孟嬰寧，妳自己想想妳在車上跟我說了什麼？我說妳跟陸之州般配，妳就說是這麼回事，我說我是橫刀奪愛，妳就說這也沒有辦法？」

「……」

孟嬰寧也想起來了，好像是說的不太對。但當時他的語氣挺平靜的，孟嬰寧以為說完也就過了，結果原來這種醋得半真半假的話還要當真的啊？

「話說完了就當沒說過了？」陳妄像是看出她的想法似的，眼一瞇，「還這也沒有辦法？沒什麼辦法？嗯？要不要我幫妳想想辦法？」

陳妄是在意，再加上他知道孟嬰寧小時候喜歡過陸之州，就更在意。

偏偏這女孩還完全沒心沒肺的樣子搭腔，讓人煩躁得不行。

陳妄當時想把陸之州拖出來揍一頓。

他壓著火要發不發的時候特別恐怖，眼底沉著，氣場山一樣死死地壓下來，壓迫感和侵略性十足。

孟嬰寧人縮了縮，覺得他有點嚇人：「我以為你只是因為小長安今天說的吃個醋，又不知道你是真的生氣了。」

「而且，」孟嬰寧小聲逼逼，「這不是你自己說的嗎……我又沒說過我跟陸之州般配，你自己罵自己，還反過來凶我，你不講道理，不是欺負人嗎……」

還挺委屈。

「……」

陳妄直接被氣笑了。

「對，我自己罵自己，還不講理跟妳發火欺負人……」

「妳覺得這就是欺負人了？」陳妄說著，手臂略一彎，頭垂下去，直勾勾地看著她，「妳懂什麼叫欺負？」

咫尺距離下，兩人鼻息交纏，女孩身上有甜香柔軟的味道。

陳妄目光沉暗，低緩說：「我要是真的欺負妳，妳現在不知道哭多少回了。」

孟嬰寧不太接觸這些葷段子，還沒被荼毒得太深，再加上兩人現在在吵架，吵架就要認認真真的吵架，都在氣頭上呢，一時間沒領會到陳妄這句話有什麼深層次的含義。

孟嬰寧把重點放在哭上。

然後認真回憶了一下，她從小到大因為陳妄哭的次數簡直數不勝數，刨除掉他造成的以外，她其實不太哭的。

這男人竟然還有臉提，她都還沒提。

他靠得很近，孟嬰寧避無可避，後腦勺都靠在沙發上了，他的眉眼近在咫尺，孟嬰寧覺得再這麼和他對視下去，自己可能會鬥雞眼。

她垂了垂眼睫，有點不滿地說：「怎麼就不叫欺負了，你現在還不承認，你明明從小就一直這樣，我小時候哭十次有九次都是因為你。」

陳妄垂著眼，能看見她細細長長的睫毛，烏黑漂亮的瞳仁被密密地遮擋住，鼻尖挺翹，嘴唇柔嫩嫣紅，不高興地微微撅著。

她的嗓子太不適合吵架了，就算拔高了聲自以為很硬氣地說兩句重話，都綿得像是在撒嬌。

陳妄抬手，拇指指腹蹭上她的唇角，揉到唇瓣：「光小時候就夠嗎？」

陳妄低聲笑了笑：「寧寧，我是打算讓妳因為我從小哭到大的。」

指腹刮蹭上來的觸感有點粗糙，帶著不由分說的暗示味道，孟嬰寧有點耳熱，縮著脖子抬起頭，對上男人幽微的目光。

孟嬰寧遲鈍地反應過來他是什麼意思。

她還來不及反應，陳妄低頭吻上來。

沒有試探，也沒有安撫，完全不溫柔的掠奪，近乎於懲罰的一個吻，甚至比上次還要凶。

孟嬰寧整個人被壓在沙發上，舌尖被他親得疼，含糊發出一點聲音，抬手抵著他掙了掙，陳妄動作沒停，扯著她兩隻手腕拉開往上一翻，單手扣得死死的。

她一掙，他就更凶，含著她的舌尖勾咬翻攪了好一陣子，才微抬了抬頭，垂眸看著她。

女孩被他穩穩地拿著，紅腫的唇瓣上掛著晶瑩的水跡，眼角憋得發紅，氣喘吁吁地呼吸新鮮空氣。

陳妄啄了啄她的唇，啞聲說：「來，叫聲好聽的。」

什麼是好聽的？

孟嬰寧思緒渾濁，睫毛顫著茫然又懵懂地看著他，聲音也有點啞：「陳妄……」

陳妄含她的下唇重重地咬了一下，孟嬰寧疼得嗚咽一聲，眼淚都冒出來了，淚眼朦朧看著他，有些無助。

陳妄看著她這副可憐樣子，耐著性子教她：「妳小時候是怎麼叫妳的陸之州哥哥的？」

小少女那時候像個小尾巴似的跟在陸之州身後，嗓音軟軟的，哥哥一聲一聲的叫，聽得陳妄非常嫉妒。

她叫他從來都是連名帶姓的陳妄兩個字，而且多數時候語氣都很不滿，就連陸之桓，孟嬰寧在討好或者有求於他的時候都會叫他一聲哥哥。

只有他沒有。

陸之州哥哥這五個字被他咬得有點沉，孟嬰寧聽出來了，也很快反應過來。

她其實挺喜歡跟他溫柔一點的親親的，但她被咬得怕了，是真的疼，嘴唇和舌尖都疼，又打不過他。

孟嬰寧委屈地癟了癟嘴，決定先戰術性服個軟讓他放開她，主動抬起脖頸湊上去親他的唇：「哥哥。」

孟嬰寧討好地親親他的嘴唇，又親親，聲音軟綿綿的，帶著一點黏糊糊的鼻音：「陳妄哥哥……」

陳妄被撩撥得有點麻。

捏著她手腕的大手緊了緊，又鬆開，陳妄撈著她把人提起來抱在懷裡，手指穿過髮絲扣著她的後腦親上來，很肆無忌憚地掃蕩。

比剛才更凶了！

我去你大爺的狗陳妄！

好半天，他才手臂一鬆，剛鬆開，孟嬰寧直接從他懷裡掙扎著竄出來，人跳出老遠，遠遠地坐在沙發另一頭委屈地炸毛：「你是狗嗎！我叫都叫了你就不能溫柔點！」

陳妄從車上開始積攢下來的那點煩躁澈底沒了，癱在沙發裡心情很好的朝她伸出手：「我這次溫柔點，來。」

「來個屁！」孟嬰寧隨手拽了個抱枕朝他丟過去，抬手，指尖小心翼翼地碰了碰被吮得發麻的唇瓣，沒好氣地說，「我要去打狂犬病疫苗。」

陳妄隨手接過她丟過來的抱枕往放旁邊，傾身抬手把她重新拉回來，孟嬰寧在他懷裡很矯情又做作的掙扎了一番。

陳妄對於她鬧彆扭要小性子的時候是什麼樣子太瞭解了，也非常上道的沒鬆手。

孟嬰寧的腦海裡此時配過兩行臺詞。

——你放開我放開我！

——我不放我不放。

孟嬰寧氣呼呼地按著他的腦袋，小腦袋湊到他頸側，襯衫領子往下一扯，含著他脖頸下方的動脈完全不留情地咬了一口，順便吮了吮，種了個紅色的小印子。

孟嬰寧滿意了。

這男人現在是她的。

從頭到腳，每一根頭髮、眼睫毛、骨骼、血液都是她的。

陳妄一僵，「嘶」了一聲，扣著她的腦袋抬起來，瞇眼看著她：「別找事。」

孟嬰寧這時像隻憤怒的小動物似的瞪他，其實心裡很不開心，又怕聲音太大被聽見不太好，只能壓著聲說：「樓下那女的是誰啊！」

陳妄挑眉。

孟嬰寧憋了好半天了，這時終於問出來了，也乾脆豁出去了：「跟人家又養貓又這個又那個的，還一養養很多年，你們當養孩子呢？還在人家的地盤帶著現任上樓幹這事，陳妄你要點臉。」

陳妄沉默了兩秒，聽明白了。

他抬手，摸一下頸側剛剛被她咬過的地方，有點刺痛，上面還站著一點口水，唇角略彎起一點。

小東西還知道劃地盤了。

「我幹什麼事了？」陳妄聲音低沉，帶著點愉悅鬆懶。

「你還好意思問？」孟嬰寧唾棄他，「人就在樓下呢，你尷不尷尬？」

陳妄輕飄飄說：「我尷尬什麼？她哥和她嫂子在樓上接個吻有什麼好尷尬的。」

「你不尷尬我還不自在呢！你那破貓愛跟誰養跟誰養，我才不想……」孟嬰寧話音一頓，表情也跟著凝固了一下。

孟嬰寧：「咦？」

陳妄勾著唇：「不想什麼？」

孟嬰寧眨眨眼，湊近一點：「情妹妹？」

陳妄「嘖」了一聲，抬手敲一下她的腦袋：「好好說話。」

孟嬰寧揉了揉腦門，反應過來。

主要是因為之前陸之桓跟她透過底，先入為主的認知已經有了，再加上她從小從來沒聽過見過陳妄有什麼姊妹。

而且那女孩剛剛叫的是陳妄本名嘜！

她的氣勢頓時弱了，但依然還有點不相信的樣子：「親的啊？」

陳妄瞥她。

孟嬰寧：「真是親的啊？」

陳妄：「不像？」

作為情敵或者疑似前任，孟嬰寧當然觀察過長相了，不過對方妝化得又重又抽象，她又不能特別仔細地盯著人家看，當時只覺得挺漂亮的，還真的沒怎麼注意到兩人長得是不是很像。

孟嬰寧的毛全都順了，抿著唇看了他一眼：「可是你以前也沒有說過你有妹妹呀。」

她的眼神有點乖，像那種剛闖了禍的小朋友，底氣不足心裡很虛的樣子。

陳妄看得好笑：「我父母很早就不在一起了，她跟著我媽，我跟著老陳。」

孟嬰寧「啊」了一聲。

他小時候之所以會搬過來，就是因為父母分開了。

所以孟嬰寧才從來沒見過他媽媽，雖然以前她也想到應該是分開了。

孟嬰寧覺得有點尷尬，所以她剛剛那麼不開心，不只剛剛，她在意了好多年的事，結果人家兩個人是親兄妹？

而她剛剛因為他妹妹吃醋，還耍脾氣，還很煩的想要宣示所有權。

孟嬰寧垂眸，看了陳妄脖子上那個紅色的印子一眼。

簡直是迫不及待地在告訴別人，兩個人剛剛在樓上幹了什麼。

孟嬰寧臉開始發燙，垂頭抬手，捂住眼睛，另一隻手拍他：「你遮一遮，遮遮。」

陳妄明知故問：「遮什麼？」

孟嬰寧抬起頭來，有點羞憤地瞪著他。

瞪了五秒，女孩泄了氣，長長地嘆了口氣，自暴自棄地說：「算了。」

陳妄知道孟嬰寧臉皮薄，怕她找個地縫鑽進去，下樓的時候還是把襯衫領子往上立了立，堪堪遮住了淡紅色的小小印子。

陳想還在忙，聽見他們的聲音以後頭也沒回：「沒空弄飯了啊，你們自己叫個外賣。」

陳妄本來就是帶孟嬰寧來吃陳想做的飯的，這丫頭雖然性格外表看起來都不怎麼可靠，但是廚藝像了媽媽，挑不出半點毛病，特別好吃。

陳妄側頭：「還要多久？」

「幾個小時吧。」陳想說。

孟嬰寧剛剛就說餓了，陳妄也不打算等，反正以後有的是機會，回頭一看那邊孟嬰寧已經坐在沙發裡上外賣了。

孟嬰寧幾個菜選完，又點了個小龍蝦，等著吃飯的功夫，陳妄跟林賀然打了個電話。

響了挺久，沒接。

陳妄掛了電話，垂眼。

他跟林賀然上次通過電話以後沒再聯絡，那應該就是沒撈著什麼消息，不然林賀然會告訴他。

陳妄把手機隨手丟到一邊，也不在意，孟嬰寧正在旁邊看陳想刺青，她從來沒接觸過這些東西，第一次看，覺得新鮮。

男人選在肩胛骨的地方，圖案是個很抽象的東西，孟嬰寧看不出來是什麼，只看著皮膚滲出一層層血來，男人時不時哼唧兩聲，一下子抽搐一下，一下子又嗷一嗓子。

看得孟嬰寧肩膀一疼，不敢再看，跑回陳妄旁邊的沙發上坐著。

她一坐下，之前那貓就靜悄悄地穿過地毯，輕盈地跳上沙發，縮在扶手旁邊蜷起來趴著。

孟嬰寧抬手摸了摸貓腦袋。

貓咪發出舒服的呼嚕嚕的聲音，腦袋往她這邊偏了偏。

孟嬰寧弓著身子腦袋趴在膝蓋上跟那貓保持水平，盯著看了好一陣子，就在陳妄以為她要這麼趴著睡著的時候，孟嬰寧抬起頭，看著他，忽然問：「陳妄，你的貓多大了？」

陳妄漫不經心：「十幾歲吧，老貓。」

孟嬰寧頓了頓，然後說：「你這個咪咪跟我之前那個咪咪長得好像。」

陳妄撩了撩眼皮。

「就是那個，小時候被你搶走扔掉的那個咪咪，你記得吧？」孟嬰寧試探地看著他，慢吞吞地說，「他鼻子側面那裡也有一塊很小很小的黑色，跟這隻一模一樣。」

「……」

哪能不一樣，本來就是同一隻。

女孩向來聰明，其實她已經猜出來了，問他就只是問問而已。

「所以是嗎？」孟嬰寧問。

「嗯。」陳妄懶聲。

孟嬰寧抿了抿唇。

她本來以為真的被他丟掉了，這人一直很冷酷無情的，那段時間大概是孟嬰寧最討厭他的時候，她跟他冷戰了好久，因為他扔了她的貓。

但是他其實沒有扔，他自己養起來了。

還養了這麼多年。

孟嬰寧想起咪咪剛被丟走的時候，她偷偷哭了好幾天，有次被少年抓了個正著，看著她紅紅的眼睛，皺著眉，很不耐煩：「就因為這隻貓，值得哭好幾天？這破貓都把妳撓成這樣了。」

孟嬰寧當時太討厭他了，看都不想看他一眼，不理他，就要往前走。

沒走兩步，又被少年拎著衣領拉回來。

「嘖，」少年很不爽地說，「妳什麼時候見到我能不跑？」

孟嬰寧無聲的默默掉了掉眼淚，被他這麼一拽，乾脆改成放聲大哭。

陳妄：「……」

少年擰眉垂眸，就這麼看她哭了好半天，嗓子都哭得有點啞了，可憐地抽噎著。

還半點停下來的跡象都沒有。

陳妄終於嘆了口氣：「老子他媽服了……」

他皺著眉彎下腰來，看著她說：「妳要是不哭了，我就把牠找回來還給妳，行不行？」

他那時候的語氣無奈又溫柔。

孟嬰寧後來懂事以後當然知道他是騙人的，巷子裡面野貓這麼多，東巷西巷的到處竄，扔都扔了，肯定早就不知道是跑哪裡去還是死掉了，怎麼可能還能找得回來。

也沒跟他真的要過。

孟嬰寧恍惚回神，抬起頭。

陳妄也看著她，四目相對，孟嬰寧忽然有些緊張。

她忍不住多想了一點，又覺得自己確實是想太多了。

她當時太小了，小他好幾歲，天天玩養寵物的遊戲機，因為一點小事就哭鼻子。

他喜歡成熟的，他那時一定覺得她就是個小孩，麻煩又幼稚。

也許陳妄只是覺得，這麼小的貓咪如果真的這麼丟了大概活不成了，所以不忍心呢？

孟嬰寧的手指緊了緊，指尖陷進沙發裡，聲音很小，叫了他一聲：「陳妄。」

陳妄應了一聲。

孟嬰寧舔了舔嘴唇，剛要說話，手機鈴聲驀然響起。

她被這麼打斷，噗地一聲被撒了氣，差點就脫口出來的話又全咽下去了。

陳妄瞥了自己的手機一眼，螢幕上林賀然的名字跳動，他沒馬上接：「妳先說。」

孟嬰寧嘆了口氣：「你先接電話吧。」

陳妄接起來。

外廳只有他們兩個人，很靜，兩人又是靠在一起坐的，離得特別近，一片安靜裡，孟嬰寧聽見電話那頭一道年輕的男聲響起：『陳哥，林副隊他……』

聲音很大，帶著慌亂和焦急，語速特別快，孟嬰寧只隱約聽見電話那頭劈哩啪啦說了一堆什麼，然後很清晰地感覺到靠著她的陳妄整個人僵住了。

孟嬰寧愣了愣，抬眼。

陳妄臉上什麼表情也沒有的聽著，下頷的線條卻緊緊繃著，露出的小臂肌肉僵硬，捏著手機的手指骨節都泛了青白。

孟嬰寧心裡莫名慌了一下，還沒來得及反應。

陳妄霍然站起身，聲音有些嘶啞：「別的別管，先救人。」

# 第十九章　他的過去

孟嬰寧完全不知道發生什麼了。

她看著陳妄起身，說完那句話後又說了幾句，不是生氣或者在發火什麼的，嗓音很沉，說完以後他就那麼舉著電話站在那裡。

背對著她，孟嬰寧看不見他的表情，近距離下卻能看見他的身體帶著明顯的僵硬，肩背的線條筆直挺著，整個人繃得很緊。

廊廳裡一片寂靜，只有裡間陳想手裡的機器發出聲音，她正在跟那客人說話，聲音隱隱約約傳過來。

過了大概幾十秒，陳妄舉著手機的手臂垂下來。

孟嬰寧神經不自覺地也跟著有些緊繃，往前靠了一點，猶豫片刻，抬手抓住他的手指。

男人的手指虎口和指腹上都帶著薄薄一層繭，骨骼分明，孟嬰寧捏著他的食指，一節一節摸過他的指骨骨節，捏了捏指尖，冰涼的。

陳妄頓了頓，任由她抓著自己的手，轉過身，垂下眼看著她。

孟嬰寧看清了他的眼神，沒由來地生出一點不安。

她抿起唇，仰起頭來看著他。

陳妄沒說話，但她知道他想說什麼。

從之前在電話裡聽到的一點點細枝末節和他說的話孟嬰寧也能大概猜到一點，他朋友大概出了什麼事，陳妄肯定是準備過去的。

孟嬰寧嘆了口氣：「你是不是不能和我們一起吃飯了？」

陳妄「嗯」了一聲：「好像是，朋友出了點事，要去看看。」

孟嬰寧眨眨眼，拽著他手指的手慢吞吞地鬆開了：「那你什麼時候回來？」

如果是平時，孟嬰寧一定不會這麼窮追不捨的問。

但陳妄在接到那個電話的反應，以及他轉過頭來時的眼神，都讓孟嬰寧一點也不想放他走。

有點陌生。

不安藏在心底泛著泡泡，像倒急了的啤酒，酒沫一層一層的向上蔓延。

「不知道，可能會晚。」陳妄心不在焉說。

孟嬰寧沒馬上說話。

陳妄看了她一眼。

女孩的心思很細，又敏感，陳妄不想讓她想太多，緩了緩神，俯身：「要等我？」

孟嬰寧點了點頭。

陳妄略扯了下唇角，壓低了聲：「那我回來晚怎麼辦，幫我留門嗎？」

他看起來好像又變回了那個熟悉的陳妄，孟嬰寧點了點頭，說：「幫你留。」

「還挺聽話，」陳妄笑了一聲，直起身來，「等我回來，待得無聊了就跟陳想說說話，逗逗貓玩，別自己走。」

孟嬰寧應聲，不再說什麼，看著他出門。

門被推開又關上，做工精細的金屬小鈴鐺發出很清脆的一聲。

陳妄走得急，儘管大概是為了不讓她擔心甚至還想著逗逗她，但孟嬰寧還是在他回過身去的瞬間瞥見了他略微翹起的唇角抿起繃直。

孟嬰寧拽了個抱枕，下半張臉整個埋進去，直勾勾看著前面發呆，連吃小龍蝦的心情都沒有了。

咪咪蜷成一團窩在她旁邊的沙發裡，尾巴動了動，後腿跟著伸直，肉呼呼的小爪子蹬在她的腿上，帶著一點溫熱力度。

孟嬰寧回過神來，垂頭，看著那毛絨絨的一團，把抱枕丟到一邊，把牠托起來。

貓沒睡夠，脾氣特別大，很凶地「喵嗚」了一聲，爪子撲騰著蹬了蹬。

孟嬰寧提著牠：「叫媽媽。」

咪咪懶洋洋地看了她一眼，前爪一抬，高貴冷豔地舔了兩下，並不理她。

所以說真的是跟她說完以後特地去找回來的還是湊巧？

「下次再找你爸問清楚……」孟嬰寧抬手，指尖點了點貓爪子，小聲嘀咕。

帝都離豐城本就沒多遠，陳妄壓著速限一路飆過去，幾個小時到了收費站。

下了高速公路跟著導航找到醫院，花不到兩個小時，進了醫院的時候林賀然還沒出急診室。

他這次過來沒帶幾個人，坐在醫院走廊長椅上三個人，除了一個陳妄認識的之前打電話給他的小孩。

那小孩警校畢業兩年，也姓陳，平時看起來性子溫溫吞吞的，身手卻出人意料的很好，陳妄剛叫他幫忙那時，林賀然讓他幫忙看著過孟嬰寧，也不知道是不是為了刺激陳妄，天天小陳、小陳的叫。

小陳坐在彩色的塑膠椅子上，聽見聲音抬起頭，看見陳妄從走廊盡頭走過來。

他連忙站起來迎過去，二十多歲的小夥子，眼睛通紅，一看就是剛哭過沒多久，啞著嗓子叫他：「陳妄哥……」

一聲出來，聲音裡又帶了哽咽。

「天是塌了？」陳妄淡聲說。

小陳連忙抬手抹眼淚，大鼻涕跟著瀝瀝啦啦往下流：「林哥是為了救我，都是我，我反應太慢了，我們今天過去的時候林哥還特地挑了上午，說等小孩上學，結果那女的把我們領進屋子，他們早就等著我們了！」

陳安看著他皺眉，冷然道：「你們林隊就是這麼帶你的？爺們點，有事說事，別拖拖拉拉的。」

他這話說得冷淡而刻板，低沉的嗓音不自覺流露出氣勢，是那種習慣於長期發號施令的壓迫感。

小陳抹了一把臉，冷靜了一點，兩三句話把事情說了一遍，基本上和陳安猜得差不多。

他們進了黃建華家就等同於跳進湯城挖下的坑裡，林賀然明知這點不可能一點防備都沒有，還能傷成這樣。

細節還要之後問問他，到底是怎麼回事。

說完，一時間沉默，走廊盡頭搶救室燈光一閃一滅，門被拉開，林賀然躺在急救推車上被推出來。

陳安沉默側眸。

幾乎沒見過他這麼安靜的樣子。

林賀然這人的性格跟陸之州煩得不相上下，無時無刻不在討人嫌，以前就算跑任務的時候嘴也不會閒著，跟上了發條似的。

不過性格很要強，不甘屈居人後。

來的路上，陳妄腦子裡易陽的臉不斷的重播，畫面一幀一幀的掠過，最後停留在一張靦腆的笑臉，男人有點不好意思地說：「陳隊，等這次回去，我可能就要結婚了。」

有那麼一瞬間，林賀然的臉和易陽以及無數個其他人重合在一起。

神情空洞麻木，黑洞洞的眼眶直勾勾盯著他，了無生氣。

那一刻陳妄覺得自己渾身上下所有血液都被凍住了。

那一頭，醫生正在跟他們說話，沒多久，小陳跑過來，低聲說：「暫時沒什麼事，先觀察，看過了今天晚上怎麼樣。」

陳妄點點頭，沒說話。

小陳站在他旁邊，摸了摸鼻子。

剛剛他的情緒有點失控，這時也反應過來，自己丟人丟到姥姥家，一把鼻涕一把淚的說了好多不該說的話，好在陳妄也沒問。

小陳不敢再多說，乾脆轉移話題道：「陳妄哥要不然我先幫你找個地方休息，晚上這裡也沒辦法守，加護病房不讓人進，」說著又回頭看了一圈，「也不能讓你也在這跟著熬一宿，林隊醒了我肯定馬上告訴你。」

陳妄：「怎麼不能？」

「我們不都還年輕嗎，值班的時候也經常這麼熬著，都習慣了，」林賀然那邊應該是沒什麼事了，小陳整個人明顯放鬆下來，看他身後不遠處還在跟醫生說話的兩個小夥伴一眼，自然道，「你跟我們不一樣啊。」

「……」

陳妄抬眼，看了他一眼：「哪裡不一樣。」

「……」

小陳意識到自己說錯話，連忙閉上嘴。

索性陳妄沒什麼反應，也沒非要等他回覆的意思，看了一眼就重新垂下眼皮子，走到旁邊椅子坐下。

他眸光沉沉垂著，手肘搭在腿上，低頭俯身，視線長久盯在淺色地面，半晌沒動。

過了好半天，陳妄指尖微動，緩慢地直起身來，從口袋裡抽出手機看了一眼時間。

已經挺晚了。

醫院的走廊沒窗，燈光是冷感的白，總會給人一種這時還是白晝的錯覺。

他打了個電話過去給孟嬰寧。

響過幾聲，那邊接起來，很開心的叫了他一聲，嗓音是獨屬於她的輕軟：『陳妄！』

聽見她的聲音，陳妄勾唇：「嗯。」

『你嗯什麼嗯，是你打電話給我的呀，』孟嬰寧說，『說吧，你有什麼事要彙報？』

小丫頭聽起來還挺高興。

「沒什麼，」陳妄說，「小龍蝦好吃嗎？」

『還可以，香辣的比五香要好吃，我本來還剝了一碗給你，』孟嬰寧頓了頓，說：『但我感覺你回不來，所以我全吃了。』

陳妄：「妳又知道了。」

『我肯定知道啊，』孟嬰寧挺平靜地說，『你要是能回來也不會打這個電話給我了。』

陳妄笑了一聲，當默認：「妳今天就跟陳想住，她那也有空房間，這麼晚別自己回家，」聲音在空曠的走廊裡安靜回蕩，有些低沉，「明天接妳下班？」

電話那頭安靜了一下，女孩才小聲說：『我覺得這樣不太好。』

「嗯？」陳妄沒反應過來：「怎麼不好？」

『哪有剛見男朋友妹妹第一面就在人家家裡睡的？這不就跟一見家長就留宿過夜一樣嗎？』孟嬰寧低聲嘟囔，『我不該稍微矜持一點？』

她的聲音聽起來還挺緊張，就好像是真的是去見了家長似的，陳妄覺得好笑，剛要說話，孟嬰寧又說：『而且你妹到現在還在加班呢，挺帥的一個帥哥，滑輪椅進來的，聲音好溫柔，結果一上來就要做滿背，真的潮。』

孟嬰寧誇張地說：『拿了那麼大的圖要來做！』

陳妄難得耐心地配合著她，問：「嗯，有多大？」

『比你的臉還大。』孟嬰寧快樂地說。

「……」

陳妄哼笑了聲。

女孩只要見不著面，無論是簡訊、訊息還是電話裡膽子都肥得能登天。

陳想是個工作狂，涉及到自己喜歡的東西完全是一股腦往裡鑽的，熬到後半夜都是家常便飯，陳妄也不覺得稀奇：「那不用管她，妳自己占好主臥室先睡，就是二樓最裡面那間。」

『你太無情了，這個世界上還能有你這樣的哥哥？』孟嬰寧幽幽道，『你對從小一起長大的妹妹不好，對自己的親妹妹沒想到也這樣。』

陳妄低頭一笑：「我對從小一起長大的妹妹哪裡不好？」

孟嬰寧『唔』了一聲：『反正不好，哪裡都不好。』

顯然孟嬰寧這個晚上跟陳想相處得挺好，用她自己的話說就是一起吃過小龍蝦的交情了，四捨五入可以約等於生死之交。

陳妄不理解女孩子家的那些個亂七八糟腦迴路，也不明白吃個小龍蝦怎麼就能生死之交了，不過本來就是想讓兩個人認識一下，現在相處得好他也樂見其成。

兩人又聊了一陣子，掛了電話。

陳妄垂手，頭抵著牆面微仰了仰下巴，感覺到緊繃著一晚上一路往下沉的某一塊一點一點的升回到海平面，然後逐漸回暖。

手機在手裡震了震，陳妄垂頭看了一眼，是孟嬰寧傳來的訊息。

一張她的照片。

照片裡的女孩正站在書架前逗貓，微仰著頭的一個側臉，頸線修長，睫毛卷翹，唇角牽起，勾出臉頰上一個淺淺的梨窩。

女孩偶爾也會隨手傳張照片給他，只不過這張角度有點奇怪，像是在角落隨手漫不經心拍了一張，而且視角略低，像是坐著拍的。

陳妄略瞇了下眼。

緊跟著過來一則語音。

陳妄手指頓了頓，點開。

兩秒鐘的安靜過後，是男人熟悉的聲線。

湯城語氣平緩，聲音壓得很輕，帶著點冷冰冰的笑意：『女朋友不錯，陳隊。』

孟嬰寧餘光掃見這位坐輪椅的小帥哥還在打電話。

男人坐在輪椅上，在角落裡笑得雲淡風輕，眉眼低垂著說話。他的聲音很輕，距離又遠，隱約聽見他的聲音若隱若現傳來。

孟嬰寧沒有窺人隱私的習慣，而且這是陳想的顧客，孟嬰寧雖然不知道做一個滿背要多少錢，但是聽起來也知道肯定是個大單子，渾身上下都寫滿了很貴的一個工作。

人家有事情要忙打個電話，愛打多久就打多久，跟她又沒什麼關係。

但前提是他手裡拿著的不是她的手機。

從他說自己手機沒電但是工作上有個很重要的事情要確認，於是過來找她借走手機滑到一旁打電話到現在已經過去了十五分鐘，這得是談個三個億的買賣才能到現在都還沒聊完。

要是平時，孟嬰寧也不會在意這個，但是關鍵是現在她想傳訊息給陳妄。

他的朋友出事到現在還沒醒，這時陳妄一個人在醫院裡等著，心情一定不怎麼樣，他剛剛電話打過來一開口，那一把沉啞的嗓子就讓她有點心疼。

雖然電話剛掛，但孟嬰寧還是想跟他聊聊天，就算只能跟他說說話，能稍微分散一點他的注意力也挺好的。

他應該是剛剛才和陳想敲好了圖，陳想跑到裡間一個房間裡不知道幹什麼去了，孟嬰寧有點糾結地皺了一下眉，看著咪咪從旁邊架子上輕盈地往下跳，然後竄進她的懷裡。

孟嬰寧抱著貓重新窩回沙發裡。

咪咪被她擼了一個晚上，也終於發展出一些友誼，舒舒服服地任由她抱著，被一下一下抓著毛摸腦袋，發出咕嚕嚕的聲音。

孟嬰寧再一次的沒忍住抬頭看了牆角打電話的男人一眼。

他旁邊牆邊有個大水缸，下面沒架子直接落地放著的，裡面水光粼粼，下面鋪著大塊的石塊珊瑚，夾縫裡海藻在水裡飄飄蕩蕩。

裡面沒有魚，只有一條清道夫貼著水缸玻璃面艱難地苟活在咪咪的魔爪之下。

而這時，拿著她手機打電話的男人聊著聊著忽然對這魚缸產生了濃厚的興趣，單手拿著手機椅子一轉，滑到浴缸旁邊，從上面往裡瞅。

孟嬰寧眼皮子一跳，害怕他手上一個不穩，讓她的手機掉進去。

但男人聊的很專注，甚至看起來還聊累了，手臂一伸往魚缸上一趴，下巴墊著上頭接著聊。

這個方向正對著她，那人忽然抬起頭來，隔著距離遠遠看了她一眼，還在說話。

他聲音斷斷續續傳過來，孟嬰寧隱約聽見了「威脅我嗎」之類聽起來非常社會的字眼。

談話內容好像還挺嚇人的。

孟嬰寧看著他愣了愣。

男人舉著手機，忽然對著她笑了笑，看起來明明挺溫和的，孟嬰寧卻不知道為什麼，總覺得從裡面看出了那麼一丁點的奇異感，有些意味深長。

她擼貓的動作停住，還沒來得及多想，咪咪在她懷裡蹬了蹬腿，喵嗚叫了一聲，站起來從她手臂下面鑽出去，輕盈地跳到了旁邊的架子上。

孟嬰寧懷裡一空，下意識垂眼，視線跟著那貓移過去。

她剛挪開眼，輪椅上的男人悠悠然往後靠了靠。

湯城把手機拿離耳畔，手臂前伸舉著，最後看了螢幕上來電顯示的「陳安」兩個字一眼，笑了笑，然後手指一放，鬆開手。

手裡的手機「噗通」一聲掉進魚缸裡。

陳安放下手機。

小陳和林賀然領著的其他兩個人都跟著看過來，醫院的走廊寂靜又空曠，即使他剛剛說話聲音不大，也足夠讓人聽見了。

幾個人對視了一眼，小陳走過來：「陳安哥，怎麼了？」

陳安沒說話，低垂著頭按手機，打給孟嬰寧，占線。

陳妄罵了聲髒話，整個人壓抑陰沉得像是下一秒就會爆炸。

小陳看著他的表情，這時候也不拖遝，乾脆俐落說：「你有事就先去，這邊老大醒了我肯定第一時間告訴你。」

陳妟沒說話。

感覺像是有輛火車從身上轟隆隆的碾過去，震耳欲聾的噪音幾乎要刺破耳膜。

腦子也跟著嗡嗡的響。

他能感覺到自己手指在抖，體溫跟著一層一層的往下褪，整個人有一瞬間是空茫茫的茫然。

甚至連對湯城的惡也沒有。

唯一竄過的念頭是：怎麼辦？

陳妟當了十年兵，什麼樣的事都遇到過，什麼樣的任務也都活下來了，炮火連天血海裡撿回來的命，苟延殘喘至今，進退兩難的情況太多，好幾次他以為自己會死的時候，都沒有過這種近乎無措的茫然，不知道該怎麼辦的感覺和恐懼。

上次是什麼時候。

上次。

萬一這次也跟上次一樣。

萬一她真的出了什麼事。

回去最短也需要兩個小時，兩個小時的時間，能發生的事情太多，從黃建華被泡成膨大海的時候，湯城的餌就已經放下來了。

林賀然受傷，調虎離山把他從孟嬰寧身邊支走到豐城，湯城等的就是現在。故意用孟嬰寧的手機傳訊息給他，讓他知道，他現在正跟孟嬰寧在一起。

而陳妄短時間內根本沒辦法趕回去。

連著兩刀，刀刀戳的都是陳妄的死穴。

陳妄閉了閉眼，再睜開時眼睛已經憋得發紅，咬著牙站起身來往外衝。

他拼命壓下所有的念頭，從腦子裡拽出僅剩的一點理智，竭力保持著讓自己冷靜下來不至於失控。

不能想。

即使現在他腦子裡全是孟嬰寧。

他不知道自己是怎麼出了醫院開門上車，高速公路上夜色寂靜，陳妄又打了個電話給孟嬰寧，還是占線，指尖一滑，又打給陳想。

陳妄和陳想分開的時候小女孩才幾歲大，離婚的時候父母也乾脆，後來他的檔案被做得乾淨，陳想和他這麼多年實際上也並沒有什麼直接聯繫。湯城剛剛電話裡沒提起陳想，說明他大概還沒查到什麼。

按照湯城的性格，不會做無所謂的事，陳想應該至少是安全的。

陳想在工作的時候一般不會接電話，這次也果然沒接，十幾聲嘟以後，冰冷機械的女聲提醒他用戶正在忙。

陸之州在部隊裡是要收手機的，也聯絡不上，他的手機剛換，也再沒別人的號碼了，陳妄深吸口氣，把手機甩到一邊。

深秋的夜格外冷，迎面一輛車駛來，兩束車燈明晃晃的，晃得他下意識略瞇了下眼。

那一瞬間投射過來的光線明亮也昏黃，他沒由來的忽然想起易陽。

陳妄一直覺得他是個很神奇的人，性格溫和得完全不像個特種兵，那時野外夜宿，他抱臂靠著樹幹假寐，一睜眼就看見旁邊男人捏著個不知道什麼東西，借著黯淡的月光看。

注意到他的視線，易陽回過頭來，東西揚手朝他晃了晃，是個小小的金色佛牌。

易陽笑了笑：「護身符。」

陳妄挑眉：「老婆給的？」

「嗯，保平安的，」男人垂頭抿著嘴笑，似乎覺得被發現了有些不好意思，很小心地收起來，才說，「她信這個，我就順著她帶著了，其實也就是讓她能圖個心安。」

陳妄也笑笑：「挺好的，心誠則靈。」

陳妄沒什麼信仰，但也願意尊重信仰。

他不信佛不信天，也不信命，活了快三十年，只信自己。

但此時。

他想信四方諸神，想奉佛陀浮屠。

他想乞求一切不可違的天命。

他願為她扛所有災劫，替她度一切苦厄。

只求她完好，佑她平安。

孟嬰寧不知道陳安這時處於崩潰邊緣甚至已經開始求神拜佛，她正對著自己螢幕漆黑一片的手機欲哭無淚。

她的手機大概是命中犯水，幾個月前剛掉池子裡沖了一次修好，現在又進魚缸裡走了一遭，和清道夫當鄰居。

這次比上次泡得澈底多了，她回過頭的時候，罪魁禍首正扒著魚缸邊往水裡瞅。

剛開始孟嬰寧還沒反應過來他在幹什麼，直到他手伸進去，然後從水裡撈出一個濕淋淋的手機。

孟嬰寧：「……」

孟嬰寧：？

男人舉著還在往下滴水的手機，很溫和的看著她：「不好意思。」

孟嬰寧真的完全沒在他臉上看出一絲一毫的不好意思。

她站起身走過去，從他手上接過手機看了一眼，預估應該也修不好了，嘆了口氣，垂手。

「實在不好意思，我真的不是故意的，要不要修一下看看？」男人提議道，語氣甚至十分悠哉。

孟嬰寧看了他一眼：「不用了。」

「也許能修好呢？」他手肘撐在輪椅扶手上，拖著下顎，「妳急用嗎，我認識一家修這個的，開門開到很晚，要去看看嗎？」

平心而論，這人的長相氣質都很出眾，甚至他剛坐著輪椅進來的時候孟嬰寧還覺得有些可惜。他是下垂眼，唇角微翹，看人的時候彷彿天生就帶著三分笑意，眼神和聲線都是溫和的。

但孟嬰寧不知道為什麼，對上他的視線，莫名其妙地覺得有些毛骨悚然。

孟嬰寧抿了抿唇，後退了一步，拉開一點距離：「不急，不用了。」

她連著兩個不和明顯到幾乎毫不掩飾的肢體語言讓湯城笑了笑：「真的不去？我看妳還挺急著用手機。」

他笑著，慢條斯理說：「有人想聯絡吧，男朋友？」

他的聲音越來越輕。

而說的話顯然已經超出了正常陌生人的範疇。

孟嬰寧皺著眉，下意識往裡間看了一眼，從他出來借手機到現在已經過去挺久了，陳想還是沒聲音。

湯城始終觀察著她的每一個反應和動作：「那個刺青師是妳朋友嗎？」

就算再怎麼不設防，此時也能感覺到不對勁了。

孟嬰寧後背發涼，視線猛地收回來，幾乎是跳著後退了一大段，和他拉開距離，警惕的看著他：「你是誰？」

湯城沒答，饒有興致地說：「剛剛看了我那麼久，覺得我跟陳妄比怎麼樣？」

他的話音剛落，孟嬰寧已經拔腿跑了，她用了零點一秒糾結了一下是往門口跑還是去看陳想一眼，最後還是直接衝進裡間，一邊叫著陳想的名字推開了門。

金屬的門把撞在牆上，砰的一聲，她看見女生安靜地趴在桌子上，長長的頭髮垂下來，睫毛低垂覆蓋，像是睡著了。

孟嬰寧後背被冷汗浸得透濕，剛邁開腳，輪椅壓著地面輕微的聲音響起。

她轉過身，拇指指尖狠狠地掐了一下食指，抿唇：「你把她怎麼了？」

湯城想了想，說：「妳要是跟我去修手機，她就沒什麼事，睡一覺明天就醒了。」

孟嬰寧都不知道自己為什麼竟然還笑了一下，甚至跟他說起了冷笑話：「你是想幫我修手機，還是修理我？」

大概是害怕到腦子有點短路。

湯城愣了一下，忽然開始笑，笑得腰都跟著彎了彎：「我跟妳也不認識，修理妳幹什麼？」

「你不是認識陳妄嗎？」孟嬰寧說。

她很清晰地感覺到自己說著這話的時候聲音在抖，腿腳都發軟，從沒遇到過得情況讓她升起一種很陌生的恐慌，但還不至於完全亂了陣腳，大概是因為面前的人坐著輪椅，並且直到現在還沒有展現出過多的攻擊性。

手機是壞的，沒辦法報警。

孟嬰寧在心裡盤算著她能從他手裡跑出去的可能性有多少，雖然男女之間各個方面都存在著差異，可他畢竟看起來好像行動沒那麼方便。

她正想著，外面隱約又聽見叮噹一聲鈴聲，有人進來，然後走過來。

那人身形高大，平頭，臉上沒什麼表情，甚至看都沒看她，只是單手扶著輪椅彎腰，低聲說了幾句話。

「嗯，那走吧。」輪椅上的男人沒回頭，應了一聲。

這兩個人一看就是一起的，孟嬰寧一瞬間什麼想法都沒有了，她就算剛剛往門口跑也跑不掉。

孟嬰寧死死咬住嘴唇，不動聲色往後靠了靠，後腰靠著陳想趴著的那張桌子才能穩住站著。

她的手指緊扣著桌邊，竭盡全力讓自己看起來不那麼慌，冷冷看著他：「你到底想幹什麼？」

男人不急不緩和她商量：「我弄壞了妳的手機，所以現在打算帶妳去修。」

「妳要是乖乖跟我走，我不會動妳朋友，萬一我心情好了，可能還會送妳回家。妳看，我對妳多好，畢竟我還挺喜歡妳。」

他的聲音輕柔，甚至帶著一點愉快的笑意。

聽得孟嬰寧頭皮發麻。

他頓了頓，臉上的笑倏地一斂，唇角垂下去，淡淡道：「妳要是不識相，不想修，就等著陳妄兩個小時以後回來幫妳們收屍。」

孟嬰寧的膽子特別小這事眾所周知。

小時候幾家認識的關係好的一起出去玩，去的是二胖老家。依山傍水一個小村子，家家圈塊地，小院平房葡萄架，嫩綠的藤順著木頭架子往上攀，遮出一塊天然陰涼，門口一條淺得堪堪沒住腳踝的溪流，水乾淨得透明。

大人們在屋裡，小孩自然湊成一堆，城裡長大的沒見過這些，看什麼都新鮮，下午頂著大太陽去門口小溪流裡捉蝌蚪。

黑漆漆滑溜溜的小東西，沒有腿，只有後面一條細細的小尾巴，在卵石見穿梭，清澈水裡一覽無餘。

孟嬰寧不敢，手裡攥著個紅色的小小塑膠桶，坐在旁邊石頭上抿著唇看著他們玩，安安靜靜的。

太陽很大，烤得她迷迷糊糊的，她想回去，想坐在葡萄藤下面吹風扇，吃西瓜。可大家玩得高興，她又不好說。

小陳妄一回頭，就看見小女孩撐著肉呼呼的小臉蛋孤零零地坐在石頭上，她低垂著眼，也不看他們，嘴唇有點白，微微抿著，就這麼曬太陽。

孤零零的。

看起來有點寂寞。

小少年皺了皺眉頭，從自己的小水桶裡撈出一條蝌蚪，手心裡一捧水捧出來，走到她面前，手送到她眼前。

「給妳。」他那時的聲音還很稚嫩，語氣卻硬邦邦的。

孟嬰寧一抬眼，就看見面前一捧水，水裡一個黑乎乎的東西，細溜溜的在她眼前扭動，甚至還跳了一下。

近在咫尺。

像是什麼蟲。

小嬰寧覺得他是來故意嚇唬她的，一身雞皮疙瘩瞬間起來了，抬手把他手往前一推，打開，撲騰著跳起來，直接被嚇哭了。

嚇得人都哆嗦了，還哭得一發不可收拾，邊指著被她打掉在石頭上撲騰的小蝌蚪，哭聲很焦急：「牠要死了！你快把牠撿起來啊！」

她哭起來臉都皺在一起，又可憐又可愛，小陳妄沒忍住笑了：「妳自己怎麼不撿。」

「我害怕……」孟嬰寧仰著腦袋拖長了聲，邊嗚嗚哭邊說。

「……」

陳妄那時候覺得這小孩是不是膽子小到別人放個屁她都害怕。

孟嬰寧自己也知道，她到現在都怕鬼，公司旅遊的時候一個人走山路嚇得半步都挪不動，當時看見陳妄的時候真的差點就哭出來了，但那還是虛幻的。

而現在的危險卻是真實存在的。

男人的目光閒適，輪椅滾動發出細微聲響，聲音近在咫尺。

夜晚的藝術園區沒了白天來拍照的文青小網紅們，顯得空曠而幽暗，秋葉沙沙，創意建築高大，在月光裡投下扭曲的暗影，多出點陰森。

孟嬰寧也不知道自己為什麼能堅持著完成之前那長長的一段對話，甚至到現在都還沒腿軟到走不了路，很平穩冷靜的——至少看起來很平穩冷靜的跟著那兩個人出了工作室的門，然後上了他的車。

車門「砰」的一聲關上，緊接著就是啰嗒一聲落鎖的聲音。

密閉壓抑的空間裡，任何一點細微的聲音和情緒彷彿被無限放大，剛剛那些還能勉強壓住的情緒開始急速膨脹，喧囂著找存在感。

孟嬰寧咬著唇，抱著手臂緊靠著車門縮在車後座角落裡，聽著耳邊細微車鎖聲時整個人還是不受控制的顫了一下。

她看著黑色的轎車緩慢駛出園區，生出一種很無措的慌亂和絕望。

湯城坐在她旁邊，轉過頭來，饒有興趣地看著她：「害怕？」

孟嬰寧側頭，借著昏暗的光線看著他：「你要殺了我嗎？」

在這句話說出來的時候，孟嬰寧才驚訝的發現自己的聲音竟然沒有抖。

雖然她現在後背的衣服已經被冷汗浸得差不多濕透了，連指尖都發麻。

男人略歪了下頭，似乎是真的很好奇地看著她：「我為什麼要殺妳？」

「你不是跟陳妄有仇嗎？」孟嬰寧說，「你費了這麼大力氣找上我，不就是想報復他。」

湯城開始笑。

孟嬰寧舔了下嘴唇，硬著頭皮繼續說：「不過他不會因為我傷心的，是我倒貼他的，他特別不耐煩，也沒有那麼喜歡我。」

她覺得自己現在必須說話，如果不說話就這麼安靜下來，會被這種陌生的恐懼吞噬掉。

她的嘴唇發白，聲音細軟，不緊不慢，漆黑的眼珠清明乾淨，整個人都顯得很鎮定。

但無論她表面上看起來再冷靜，這個世界上唯一藏不住的情緒，是怕。

終究只是個小女孩。

能有這樣的冷靜，他都想要誇獎她了。

「妳覺得他不喜歡妳？」湯城看著她整個人很細微的顫，笑了笑，「妳知不知道平時陳妟不在妳身邊的時候，妳身後也是跟著人保護的？」

孟嬰寧愣了愣。

「沒發現啊？妳也說了，我為了能單獨見妳費了不少力氣，確實麻煩，要不是這次林賀然快死了，陳妟慌得沒顧得上那麼多，他一定會找人密不透風的守著，我還是見不到妳。」

「所以妳看，」湯城不緊不慢地說，「我確實很喜歡妳，為了跟妳聊聊天繞了這麼大一圈，沒好好聊完之前我怎麼會殺妳，妳怕我幹什麼？」

他手裡拿著自己的手機，滑了滑螢幕，又抬眼，手上漫不經心地把玩，視線卻盯著她，意味深長地說：「妳要怕的應該是陳妟。」

男人的聲音溫柔也冰冷。

他這句話說完，欣賞一下效果。

孟嬰寧瑟縮著貼緊車邊，明顯頓了頓，削薄的肩背緊緊繃住。

湯城終於有了一點被她的反應取悅到的感覺。

他這句話說完，孟嬰寧幾乎是下意識的想轉過頭去，理智先一步行動控制住行為，她硬生生的忍了下來。

她不說話了。

孟嬰寧不知道他想說什麼，但她下意識就是覺得接下來他說的話，她一定不會想聽。

男人也並不在意她會不會給出回應，反正他現在說的話她在聽就行了，想聽也得聽，不想聽也沒辦法。

他話鋒一轉，不急不緩道：「易陽這人，陳妄跟妳說過嗎？」

孟嬰寧閉上眼睛，抗拒的態度明顯。

「我猜多少還是跟妳提過一點，他有個兒子，妳也知道吧？應該差不多三、四歲左右，挺可愛的，長得很像他爸爸，」車後座的空間很寬敞，湯城翹起腿，想了想，「我還去看過一次，是在哪個福利院……」

孟嬰寧猛地睜開眼，轉過頭。

她都不知道自己到底是因為害怕還是憤怒，呼吸有點急：「他什麼都不懂，」孟嬰寧眼睛發紅，有些忍不住了，「你恨死陳妄找我就行了，別扯上無辜的人。」

「我沒打算動他。」湯城有點訝異地看著她。

她現在這種情況明明還能把恐懼之類的情緒都藏得好好的，提起別人，她反而忍不住了。

還是一個跟她沒有任何血緣關係的，甚至只見過一次面的小孩。

湯城不能理解這種莫名其妙的、聖母一樣的感情，在他看來，沒有什麼比自己和血親更重要。

他的哥哥。

湯嚴曾經是他的全部。

但因為陳妄，他什麼都沒有了。

因為陳妄。

他總要付出點代價吧。

不然豈不是很不公平？

湯城把這個名字咬了一遍，表情一點一點沉下來，平靜地看著她：「我是恨死他了，不過我和他之間先不提，妳不想知道易陽的事嗎？」

孟嬰寧沒反應。

「他挺慘的，我記得很清楚，」男人用手機輕輕敲了下膝蓋，「到後來，他全身的骨頭被敲碎，連眼睛都被挖了，人就那麼被釘在牆上，地上全是血，一聽見聲音，他就會抬起頭，眼眶是空的。」

湯城有些疑惑：「明明都看不見了，他到底有什麼可看的？」

「別說了……」孟嬰寧臉上最後一點血色跟著褪去，整個人都在抖。

湯城頓了頓，心情很好地說：「我這麼說妳是不是聽不太明白，我還特地帶了照片給妳，妳想看嗎？」

「我不要……」孟嬰寧弓起身子彎腰，捂住了耳朵，拼命壓住了嗓子裡的尖叫，「我不看！你這個瘋子！你就是個瘋子！」

「妳怕什麼呢，我在跟妳聊天啊，我只是想告訴妳，陳妄的過去是什麼樣的，他以前是個什麼樣的人。」

湯城跟著俯身，湊過去，拽著她捂著耳朵的手腕拉開：「妳不想知道易陽最後是怎麼死的嗎？」

「陳妄殺了他。」

「最好的兄弟他都下得去手，妳說這人是不是挺可怕的？」

「他就是這樣的人，只要妳成為了阻礙，他就不會再要妳。」

「妳其實自己也清楚，他沒那麼喜歡妳，是不是？不然他今天怎麼會丟下妳？妳如果真的那麼重要，也不會落到我手裡。」

湯城抬手，動作很溫柔地勾起她的長髮，勾到耳後別住，然後輕聲說，「妳也是一樣的，他之前對妳再好，現在也只會看著妳去死。」

孟嬰寧頭抵著膝蓋，整個人縮成一團，眼淚啪嗒啪嗒的往下砸。

她哭了。

長髮隨著她的動作垂下來擋住了側臉，幾縷被勾在耳後，露出一片濕潤的眼角，眼淚無聲無息地掉在腿上，落在柔軟的車內地墊上。

「別說了……」孟嬰寧最後一點僅剩的堅強和堅持被擊潰粉碎，她哽咽著，聲音帶著崩潰似的哭腔，「求你，求你了，別說了……」

湯城看著她，半晌，笑了一聲。

然後他緩緩舉起手機，貼到耳邊，聲音聽起來十分愉悅，甚至帶著輕柔的溫和，以及一種莫名的滿足感：「聽見了嗎？陳隊。」

「你的女朋友在求我……」

——《玫瑰塔》未完待續——

高寶書版集團
gobooks.com.tw

**YH 092**
**玫瑰塔（中）**

作　　者　棲　見
責任編輯　吳培禎
封面設計　Ancy Pi
內頁排版　賴姵均
企　　劃　何嘉雯

發 行 人　朱凱蕾
出　　版　英屬維京群島商高寶國際有限公司台灣分公司
　　　　　Global Group Holdings, Ltd.
地　　址　台北市內湖區洲子街88號3樓
網　　址　gobooks.com.tw
電　　話　(02) 27992788
電　　郵　readers@gobooks.com.tw（讀者服務部）
傳　　真　出版部(02) 27990909　行銷部 (02) 27993088
郵政劃撥　19394552
戶　　名　英屬維京群島商高寶國際有限公司台灣分公司
發　　行　英屬維京群島商高寶國際有限公司台灣分公司
初　　版　2022年7月

本著作物《玫瑰撻》，作者：棲見，由北京晉江原創網絡科技有限公司授權出版。

國家圖書館出版品預行編目(CIP)資料

玫瑰塔/棲見著. -- 初版. -- 臺北市：英屬維京群島商高寶國際有限公司臺灣分公司, 2022.07
冊；　公分. --

IISBN 978-986-506-453-2(上冊：平裝). --
ISBN 978-986-506-454-9(中冊：平裝). --
ISBN 978-986-506-455-6(下冊：平裝). --
ISBN 978-986-506-456-3(全套：平裝)

857.7　　111008546